Cheval d'espoir
Le ranch des Mustangs

Du même auteur, dans la même série :

Cheval rêvé

Cheval de feu

Cheval de nuit

Cheval sauvage

Cheval fougueux

Cheval invisible

Cheval libre

Cheval de cœur

Cheval intrépide

Cheval d'espoir

SHARON SIAMON
Illustrations de Stéphanie Hans

Cheval d'espoir
Le ranch des Mustangs

RAGEOT

Pour David et Lynn Bennett.

Cet ouvrage a été imprimé sur un papier
issu de forêts gérées durablement,
de sources contrôlées.

Cet ouvrage a paru sous le titre
Stone Horse, série *Mustang Mountain.*
Whitecap Books, Canada.

Traduction : Ariane Bataille.
Design graphique de couverture : Laurence Ningre.
Couverture : Anne-Lise Nalin.

ISBN : 978-2-7002-7291-8
ISSN : 1951-5758

Loi n° 49-956 du 16-07-1949 sur les publications
destinées à la jeunesse.

Retour au ranch

Meg O'Donnell frémit de joie lorsque l'avion s'élança sur la piste. Elle avait hâte de s'élever au-dessus de New York et de retrouver tout ce qu'elle aimait : les montagnes Rocheuses, le ranch des Mustangs et Thomas Horne.

Lorsqu'elle avait quitté Thomas un an plus tôt, elle ignorait quand ils se reverraient. Mais ce nouvel été s'annonçait formidable puisqu'il devait la rejoindre au ranch où l'attendaient ses deux meilleures amies, Alison Chant et Becky Sandersen... Ils lui avaient tous tellement manqué cette année !

Thomas n'avait jamais répondu à ses mails, mais Meg s'y attendait ; quand on arpente la montagne à la recherche de chevaux sauvages, on n'a pas souvent un ordinateur, ni même un téléphone sous la main. Elle espérait – non, elle était certaine – qu'il viendrait au ranch.

Il le fallait ! Ensemble, ils devaient sauver le ranch des Mustangs où la famille Sandersen dressait des chevaux de patrouille pour le compte de l'État.

Elle se rappela le message de Becky qui avait provoqué son départ :

Chère Meg, j'ai une mauvaise nouvelle à t'annoncer. Le gouvernement veut fermer le ranch. Pour éviter cette catastrophe, on a eu l'idée d'organiser un camp équestre pour les enfants. Est-ce que tu accepterais de venir travailler avec nous cet été ? Contre un salaire de misère, mais logée et nourrie. Papa et maman sont persuadés que tu serais une cuisinière géniale, après ton expérience à Sunrise Lodge. Alison, Rob, Chuck et moi serons moniteurs. Thomas accepterait peut-être de nous servir de guide pour les randonnées. Qu'en penses-tu ?

Ce serait fantastique ! Elle s'agita sur son siège. Dommage qu'elle ait été obligée de rester à New York la première semaine des vacances pour garder son petit frère.

Elle sortit de son sac le carnet sur lequel elle avait recopié les recettes de sa mère. Autant les étudier avant d'atterrir à Calgary. Dans quelques heures, elle aurait à préparer un dîner pour vingt-huit personnes !

Un employé du ranch l'accueillit à l'aéroport. Il la conduisit jusqu'à un corral sur les contreforts montagneux où une jument appaloosa, Rascal, l'attendait. En se mettant en selle, Meg respira avec délice l'air frais des montagnes. Enfin, elle était dans son élément.

Tout en suivant la piste sinueuse qui gravissait la montagne, elle planifia ses menus.

Mais, deux heures plus tard, elle comprit que cela ne lui servirait à rien.

En l'apercevant, Alison, qui l'attendait au portail, s'écria d'une voix étranglée :

– Tu ne peux pas savoir comme je suis contente de te voir ! J'avais peur que tu n'arrives jamais.

Contrairement à son habitude, ses vêtements étaient froissés et ses cheveux en bataille.

Que se passait-il ? Surprise, Meg descendit de cheval et tendit les rênes de Rascal à un employé du ranch avant de serrer son amie dans ses bras.

– Je suis désolée de ne pas avoir pu venir plus tôt, mais...

– Tu ne fais plus la cuisine, la coupa Alison. Désormais, tu es monitrice à la place de Rob Kelly qui est malade ; il a dû rentrer chez lui.

– Pauvre Rob. Et pauvre Becky ! s'écria Meg en laissant tomber son sac à dos.

– Je m'attendais à un été génial, enchaîna Alison. Nous trois, avec nos petits amis, travaillant ensemble au camp. Et patatras ! Rob s'en va, Chuck m'ennuie et le ranch manque de main-d'œuvre. On a absolument besoin de Thomas ! Quand arrive-t-il ?

Meg secoua la tête.

– Aucune idée. Je n'ai pas de nouvelles de lui depuis l'année dernière, répondit-elle en parcourant les alentours du regard.

Le ranch des Mustangs lui semblait toujours aussi merveilleux. Installé au bord d'une prairie de haute montagne dominée par des sommets vertigineux, c'était pour Meg le plus bel endroit de la terre, celui où elle se sentait pleinement heureuse.

– ... donc il n'y a que nous quatre, continuait Alison. Au milieu de vingt sauvageonnes et de dizaines de chevaux.

Elle s'interrompit une seconde et reprit, en écarquillant ses grands yeux sombres :

– Tu es encore plus belle que l'été dernier, Meg. Tu as grandi et tes yeux sont d'un bleu incroyable !

Meg savait qu'Alison la jalousait, aussi elle se hâta de changer de sujet :

– Où sont les enfants ? Je n'ai croisé personne en montant.

– Becky les a emmenées chercher des fossiles. Il a plu toute la semaine dernière, les berges du torrent sont lessivées et on y trouve des pierres intéressantes.

– J'ai entendu parler des inondations. Il y a eu des dégâts ?

– Pas ici. Plus bas, autour des rivières du Daim Rouge et de la Panthère. Mais la pluie a gâché l'ambiance. On espère que les randonnées vont l'améliorer. Au fait, ton groupe part demain.

– Demain ?

– Oui ! Et j'aime mieux te dire que les filles du chalet des mouflons sont remontées à bloc. Elles sont installées dans l'ancienne cabane de Slim, derrière la maison. Elles ne devraient pas tarder à rentrer.

Hissant le sac de Meg sur son épaule, elle ajouta :

– Tu ferais bien d'aller faire leur connaissance pendant que j'emporte tes affaires dans notre chambre. Heureusement, on n'est pas obligées de dormir avec elles !

Typique du ranch des Mustangs, pensa Meg en se dirigeant vers le chalet. À peine débarquée de l'avion, elle était envoyée en randonnée trois jours avec des gamines qu'elle n'avait jamais vues. Quoi qu'il arrive, il fallait que ce camp soit un succès. Le ranch ne pouvait pas disparaître, c'était tout simplement impossible !

Le chalet des mouflons

Dix minutes plus tard, quatre filles firent irruption en se bousculant dans le chalet où Meg les attendait.

– *Le camp des nuls*, voilà comment il devrait s'appeler ! rugit une petite aux cheveux frisés et indisciplinés, en s'affalant sur un des lits.

– Comment ça, nul ? s'étonna Meg.

– Il a plu sans arrêt pendant quatre jours, et Big Boss Becky ne trouve rien de mieux que de nous obliger à chercher des cailloux dans la boue.

– En plus, notre moniteur est tombé malade et on a le chalet le plus moche, renchérit une grande fille aux cheveux noirs très raides, avec une frange et des lunettes. Un vrai dépotoir !

Meg l'avait constaté dès son entrée et avait été choquée : le sol était jonché de vêtements sales, les lits défaits, les tiroirs des commodes ouverts. C'était pire dans la salle de bain, où des serviettes humides avaient été abandonnées en tas à terre.

– Et si vous mettiez un peu d'ordre ? leur suggéra-t-elle.

La petite aux cheveux frisés haussa les épaules.

– À quoi ça servira ? Ce sera le bazar tout de suite après.

– Pourtant, ce sera plus facile de préparer votre sac pour la randonnée si vos affaires sont rangées. Je vais vous donner un coup de main.

Quatre visages hostiles la dévisagèrent.

– Très bien, soupira Meg. On recommence à zéro. Je m'appelle Meg O'Donnell. Je suis votre nouvelle monitrice. J'ai seize ans et je viens depuis trois ans au ranch des Mustangs. Maintenant, à vous de me dire vos prénoms et votre âge.

Silence.

Habituée à l'impertinence de son petit frère, Meg ne se laissa pas impressionner.

– Comme vous voudrez. Je trouverai ces renseignements au bureau. À plus tard.

– Attends ! cria la petite aux cheveux frisés en sautant sur ses pieds.

Elle se tourna vers les autres :

– On peut bien lui donner nos noms puisque c'est notre monitrice. Je m'appelle Rachel, j'ai douze ans. Elle, avec les lunettes, c'est Courtney. On l'appelle la Girafe, à cause de sa taille.

– Oh, ça va ! protesta Courtney. Je suis l'aînée du groupe. J'aurai treize ans dans quelques semaines.

– Et cette adorable créature s'appelle Cam, poursuivit Rachel en désignant une blonde aux yeux verts, assise sur le lit voisin du sien. Elle est riche ; son père a un gros poste au gouvernement.

Le front de Cam se plissa :

– Tu n'avais pas besoin de le dire. Ça ne regarde personne.

– Bref… et là, avec l'ours, c'est Didi.

Une petite brune, assise sur le lit le plus proche de la porte, serrait un ours en peluche sur sa poitrine.

– En fait, je m'appelle Dianna, mais on m'appelle Didi. J'ai onze ans, je suis surdouée et je parle trop.

À cet instant, la porte d'entrée s'ouvrit brusquement.

– Pourquoi vous ne m'avez pas attendue, les filles ?

Une blonde fluette aux grands yeux noisette trébucha sur le seuil et fit tomber les pierres qu'elle avait empilées dans sa casquette.

– Impossible de courir avec tous ces cailloux.

Rachel soupira :

– Voici Jordan. Elle a tout juste onze ans...

– En retard, comme d'hab ! la coupa Didi.

– À cause d'elle, on est les dernières en tout, se plaignit Courtney. Pas étonnant qu'on nous appelle le groupe des nulles.

Elle baissa ses lunettes et jeta un regard furieux à Jordan :

– Tu étais vraiment obligée de rapporter tous les cailloux de la rivière ?

– Désolée ! Je vais les ramasser.

Meg ressentit un élan de sympathie immédiat pour Jordan. Avant de rencontrer Alison et Becky, elle aussi était gauche et timide. Elle n'en montra rien. Si les autres devinaient que leur camarade l'attendrissait, elles redoubleraient d'agressivité à son égard.

– Merci pour les présentations, Rachel. Je vais rejoindre les autres moniteurs maintenant.

– Ils doivent être en train de faire la fête dans la grande maison. Les moniteurs ont la vie belle ici, pas comme nous.

Meg ne releva pas.

– Mettez un peu d'ordre dans votre chambre ; je reviendrai plus tard vous aider à faire vos bagages.

Une cloche retentit alors dans la cour.

Les filles bondirent sur leurs pieds.

– Pas maintenant ! cria Courtney en se ruant dehors. C'est l'heure de notre leçon d'équitation.

Elles se précipitèrent vers l'écurie.

– Ravie de vous connaître, Rachel, Courtney, Cam, Didi et Jordan, murmura Meg entre ses dents.

En sortant, elle ramassa quelques serviettes humides qu'elle fourra dans le panier de linge sale. Le camp équestre du ranch des Mustangs ne se présentait pas exactement comme elle l'avait imaginé.

Des imprévus

Lorsque Meg pénétra dans l'écurie, son groupe et cinq autres filles préparaient les chevaux qu'elles allaient monter.

Au milieu, se tenait Becky. Elle lui adressa un signe de la main sans interrompre ses explications. Apparemment, le chalet des mouflons lui donnait du fil à retordre.

– Quoi ! On va encore tourner en rond dans la carrière ? gémit Courtney.

– C'est mortellement ennuyeux, soupira Didi. Est-ce qu'un jour on montera enfin vraiment à cheval ?

– Demain, répliqua Becky. Et une fois sur la piste, vous serez bien contentes d'avoir passé autant d'heures à vous entraîner !

Cam haussa les épaules d'un air sceptique tout en enfilant avec aisance une bride à un cheval.

Ça promet, se dit Meg.

La voix de Rachel la tira de ses pensées.

– Alors, Jordan ! Tu te dépêches, oui ?

Meg se retourna.

Jordan se débattait avec sa selle qu'elle ne parvenait pas à poser sur le dos de Rocco, un cheval gris pommelé qui ne cessait de s'ébrouer. Ses camarades, elles, s'apprêtaient déjà à enfourcher leur monture.

– Meg ! cria Becky. Tu peux aider Jordan ?

– Bien sûr !

Becky la remercia d'un grand sourire.

Plus Rachel et Courtney s'impatientaient, plus Jordan s'énervait.

– Ne fais pas attention à elles, murmura Meg en s'approchant de Jordan. Tu ne t'en tires pas si mal.

– Tu peux finir à ma place ? la supplia Jordan. Je ne me souviens jamais de ce qu'il faut faire.

– D'accord pour cette fois. Mais après, tu devras te débrouiller toute seule.

Elle lui tendit la bride :

– Ne plie pas les oreilles de Rocco en arrière, rabats-les en avant sous la têtière. Un cheval qui a les oreilles couchées en arrière est en colère. Bien. Assure-toi que le mors est correctement placé. N'aie pas peur, les chevaux n'ont pas de dents au fond de la bouche.

– Plus vite ! rugit Rachel. Depuis le temps, elle devrait savoir s'y prendre !

– Je sais, reconnut Jordan en rougissant. Mais plus je me dépêche, plus je suis maladroite.

Meg se hâta d'achever de préparer Rocco et aida Jordan à monter en selle.

Une fois la leçon terminée, Meg gagna le bureau avec Becky.

– Enfin tranquilles ! s'écria cette dernière en fermant la porte. L'entrée de cette pièce est strictement interdite aux enfants.

– Les filles du chalet des mouflons croient que vous vous enfermez ici pour faire la fête, s'esclaffa Meg.

Becky se jeta dans le vieux fauteuil en cuir de son père avec un petit rire.

– Tu plaisantes ? Si elles nous voyaient après une journée passée à les occuper ! Et ce n'est pas terminé. Le soir, il y a feu de camp !

Elle soupira et ajouta :

– Je suis contente que tu sois là, Meg. Depuis le départ de Rob, c'est un véritable cauchemar. Maman a dirigé un camp de vacances équestre avant de se marier et elle pensait pouvoir faire la même chose ici, mais rien ne se passe comme prévu !

– Je regrette de ne pas avoir pu me libérer dès le début. Comment va Rob, au fait ?

Becky fronça les sourcils.

– Aux dernières nouvelles, il est toujours malade. Je suis inquiète.

À cet instant, Alison et Chuck firent irruption dans le bureau.

– Quinze minutes de répit avant le gong du dîner ! souffla Alison d'une voix haletante.

Chuck McClintock, un grand garçon à l'épaisse tignasse rousse et au sourire chaleureux, lança :

– Ravi de te revoir, Meg. Thomas devrait avoir la bonne idée de se montrer maintenant. Tu sais où il est ?

Meg secoua la tête.

– Il est censé guider la randonnée de demain, ajouta Becky. Papa essaie de lui trouver un remplaçant, mais ça n'a pas l'air facile.

– La perspective de passer trois jours en pleine nature avec cinq écervelées l'a sans doute incité à partir se cacher au sommet de la montagne, plaisanta Chuck.

– Il n'a peut-être pas reçu nos messages, suggéra Meg. Si on retardait la randonnée de quelques jours pour lui ?

– Impossible, gémit Becky. Les filles l'attendent avec impatience depuis le premier jour.

– Elles ne parlent que de ça, confirma Alison en se laissant tomber sur un petit canapé en cuir.

Chuck vint s'asseoir à côté d'elle.

– Ton groupe est le premier à partir, Meg. Trois autres suivront. Il faut laisser aux chevaux le temps de se reposer. Si on décale les départs, le dernier groupe sera privé de randonnée.

– Tout était soigneusement planifié, soupira Becky. Mais on n'avait prévu ni la pluie, ni la maladie de Rob, ni ton retard, ni l'absence de Thomas !

– Qui m'accompagnera, alors ? s'inquiéta Meg.

– Moi, dit Alison. Même si les filles de ton groupe me détestent. Elles m'appellent la Panthère, je ne comprends pas pourquoi.

Meg sourit. Le groupe du chalet des mouflons semblait doué pour les surnoms.

– Voilà papa, annonça Becky en regardant par la fenêtre. Il a peut-être trouvé un autre guide ?

Un nouveau guide

Dan Sandersen entra dans le bureau, le sourire aux lèvres.

– Tout est arrangé ! Jesse Martin vient d'arriver. Il est prêt à partir demain matin à l'aube pour guider la première randonnée.

Puis, traversant la pièce à grandes enjambées, il embrassa Meg.

– Bienvenue au ranch, ma belle. Merci de venir nous donner un coup de main.

– Tout le plaisir est pour moi !

– Jesse ? s'exclama Alison. Le cow-boy que nous avons rencontré pendant notre premier été au ranch ?

– Oui, celui que tu as sauvé des griffes d'un grizzly, si je me souviens bien, la taquina Dan.

Le visage d'Alison devint tout rose.

– On... euh... on s'est sauvés mutuellement. Je... je ne l'ai pas vu depuis trois ans.

– Tu ne m'as jamais parlé de ce Jesse, s'étonna Chuck.
– Oh… vraiment ?
Soudain, elle se leva :
– Et si on allait lui dire bonjour ? Meg, Becky, venez avec moi !

Elle les entraîna à sa suite sans adresser un regard à Chuck. Une fois dans la cour, elle passa les bras autour des épaules de ses amies :
– Je suis impatiente de revoir Jesse. Je me demande s'il se souvient de moi.
Becky se mit à rire.
– Tu plaisantes ? On n'oublie pas quelqu'un avec qui on a failli mourir sous les griffes d'un grizzly.
– Il a six ans de plus que moi, mais j'étais folle de lui… vous vous rappelez ?
– Impossible d'oublier !
Becky lança un regard malicieux à sa cousine :
– Vous croyez qu'il a épousé la pilote avec qui il sortait, une certaine Julie, non ?
– C'est vrai ! Je l'avais oubliée.

– De toute façon, tu as Chuck maintenant, lui rappela Meg.

Alison poussa un grand soupir.

– Oui, Chuck…

– Tu n'es pas amoureuse ? Je croyais que vous sortiez ensemble depuis le mois d'octobre.

– Si, je l'aime bien. Mais je préférerais qu'il arrête de me suivre partout comme un chien fidèle.

Becky éclata de rire.

– Ça vaut toujours mieux qu'un fantôme qui passe sa vie à poursuivre des chevaux sauvages, rétorqua Meg.

Alison s'immobilisa brusquement, les yeux fixés sur le corral.

– Il est là !

Appuyé contre la clôture, un pied sur le rail inférieur, son Stetson incliné sur les yeux, Jesse observait son cheval noir, Tailor, qui s'ébrouait.

– Je vais lui parler, ajouta Alison d'un ton déterminé.

– Tu n'es pas la seule à avoir eu cette idée, dit Becky. Regarde !

Déjà les cinq filles du chalet des mouflons se précipitaient vers lui, Cam et Jordan un peu en retrait.

– Pauvre Jesse ! s'écria Alison.

– Hep, les filles ! lança Becky. Vous n'étiez pas censées faire un brin de toilette avant le dîner ?

Rachel se retourna brusquement.

– On peut le saluer quand même ?

– Bien sûr, rétorqua Becky, mais ensuite vous irez vous doucher. Chalet des mouflons, je vous présente Jesse Martin. Jesse, je te présente les cavalières que tu vas guider pendant trois jours : Courtney, Rachel, Cam, Didi et Jordan.

Un grand sourire illumina le visage bronzé de Jesse. Il repoussa son Stetson en arrière.

– Ravi de vous connaître. Mais excusez-moi une minute, je dois dire bonjour à de vieilles amies.

Il s'éloigna du groupe à grands pas, les bras ouverts.

– Meg, Becky, quel plaisir de vous retrouver ! Et toi aussi !

Il dévisagea Alison.

– Tu as drôlement grandi, Al. Tu as l'air en pleine forme.

Alison sentit son cœur fondre. Jesse était le seul à l'appeler Al. Trois ans plus tôt, il avait su voir en elle, au-delà de la petite citadine gâtée, une fille courageuse, capable de risquer sa vie pour autrui. Les souvenirs tourbillonnaient dans sa mémoire, des sentiments oubliés remontaient à la surface.

– Toi… aussi, bégaya-t-elle.

Les cinq filles les considéraient d'un air stupéfait.

Meg poussa le groupe vers le chalet des mouflons.

– Allez vous préparer pour le dîner.

Visiblement, Jesse les impressionnait. Ce n'était pas étonnant. Le timide garçon de dix-neuf ans était devenu un vrai champion de rodéo.

Un camp sous surveillance ?

Tandis que les filles se dirigeaient vers le chalet, Meg se précipita à l'écurie principale. Il restait une personne qu'elle n'avait pas encore vue au ranch des Mustangs : Laurie Sandersen, la mère de Becky. Meg la considérait un peu comme sa propre mère.

Elle la trouva penchée au-dessus du sabot d'un cheval.

– Meg ! s'écria Laurie en se redressant lentement. Désolée de ne pas t'avoir accueillie à ton arrivée, mais je faisais travailler une monture en extérieur.

– C'est moi qui suis désolée de ne pas avoir pu arriver plus tôt.

– Ce n'est pas grave. Slim t'a remplacée à la cuisine.

Elle flatta la croupe du grand cheval bai attaché dans l'allée et ajouta :

– J'ai pensé que tu serais contente de monter Cody.

– Merci, Laurie. Comment vas-tu, Cody? souffla Meg en caressant le long nez brun du hongre.

– Il a besoin d'un nouveau fer. À part ça, il est en pleine forme. J'espère que les autres chevaux sont d'attaque pour une randonnée de trois jours, soupira Laurie. Transformer le ranch en centre équestre me paraissait une excellente idée, mais ce n'est pas une tâche facile.

– Je suis certaine que la randonnée se déroulera très bien maintenant que Jesse est là. Les filles de mon groupe sont sur des charbons ardents.

Tout en reconduisant Cody dans son box, Laurie précisa :

– Parmi elles, il y a la fille du ministre du Patrimoine canadien, Camille Perrault. Cam. C'est de son père que dépend la décision de fermer le ranch.

– La petite blonde silencieuse?

Laurie hocha la tête, retira le licol de Cody et le tendit à Meg.

– Vous ne croyez quand même pas qu'il l'a envoyée ici pour savoir si le camp fonctionne bien ?

– Je ne crois pas, répondit Laurie en refermant la porte du box. En tout cas, elle ne fait pas semblant de s'intéresser aux chevaux. C'est une excellente cavalière. Si jamais la randonnée virait à la catastrophe, nous aurions de sérieux problèmes… Mais parle-moi de Thomas. Où est-il, à ton avis ?

– Aucune idée, avoua Meg. J'étais si heureuse à l'idée de le revoir.

– Ce n'est pas la première fois qu'il te fait faux bond, n'est-ce pas ?

– C'est vrai. Dès qu'il aperçoit la trace d'un étalon sauvage, il se lance à sa poursuite, sans penser à rien d'autre. Avec Thomas, je passerai toujours en second.

– Pas vraiment, la rassura Laurie. Il sait que tu l'attendras, alors que les chevaux sauvages, eux, n'attendent pas.

– C'est bien le problème ! Thomas sait que je ne me révolterai pas et que je tiens à lui plus que tout !

– Lui aussi, à mon avis. Mais certains hommes ne savent pas exprimer leurs sentiments.

– Ce n'est pas une raison pour laisser tomber tout le monde. Je pars demain en randonnée avec Alison et Jesse, tant pis pour lui !

– Tu as raison, approuva Laurie avec un grand sourire. Nous comptons sur toi, Meg.

La cloche du dîner résonna dans la vieille écurie.

– On ferait mieux d'y aller. C'est moi qui ouvre la porte de la salle à manger aux pensionnaires affamées !

– Qu'est-ce qu'on mange ce soir ? Du caribou haché ? ironisa Didi.

Elle fit semblant de vomir par-dessus la balustrade de la galerie.

Courtney prit le relais :

– Peut-être du ragoût d'écureuil ? Ou des brochettes de castor ?

Quand elle les entendit dénigrer la nourriture, Meg faillit exploser de colère.

Laurie désigna sur la droite une table vers laquelle les filles se ruèrent.

– Voici la table du chalet des mouflons.

– Pourquoi une telle précipitation si elles détestent la nourriture ? s'étonna Meg.

Elle le découvrit très vite en s'approchant. Déjà assises, les cinq filles se pinçaient le nez.

Elles la désignèrent alors du doigt en s'étouffant de rire.

– C'est toi l'esclave ! Pas la peine de t'asseoir. Tu files à la cuisine !

– Qu'est-ce que vous dites ?

– On doit toutes faire le même geste en s'asseyant. La dernière qui s'exécute a perdu et elle va chercher les plats à la cuisine, expliqua Rachel avec satisfaction.

– Elle fait aussi la vaisselle, ajouta Cam.

– D'accord, j'ai compris. C'est une tradition de colonie de vacances. Ce soir, je joue le jeu, mais vous ne m'y reprendrez plus !

– Je vais t'aider, proposa Jordan en repoussant sa chaise. D'habitude, ça tombe sur moi.

Meg vit les autres lever les yeux au ciel.

– Ce n'est pas la peine, Jordan. Je connais le chemin.

Elle se faufila jusqu'aux portes battantes. Sur une longue table s'alignaient des assiettes de riz et de viande, des panières de pain, des carafes de jus de fruit.

Tout en chargeant son plateau, Meg salua Slim, penché sur une grosse marmite.

– Bonjour, Slim !

– Salut, Meg. Je vois que toi aussi tu travailles, dit-il en soupirant. J'ai du mal à tenir le rythme, ces gamines dévorent comme des ogres.

Lorsque Meg revint avec le plateau, Courtney considéra son assiette d'un œil méfiant.

– Ragoût d'écureuil… j'avais raison !

Les cinq filles repoussèrent leur assiette et se jetèrent sur le pain.

Outrée, Meg déclara :

– Très bien, je rapporte tout à la cuisine !

Elles cessèrent aussitôt de faire des grimaces et la dévisagèrent avec hostilité.

– Lorsque nous serons en montagne, poursuivit-elle, la première qui critiquera la nourriture devra cuisiner. C'est une tradition de randonnée.

Elle venait de l'inventer, mais la froideur des regards se mua en inquiétude.

– Jesse observe cette règle ? finit par demander Rachel.

– Évidemment. Sur les pistes, tout le monde les respecte.

Didi regarda autour d'elle en plissant les yeux :

– Mais où est Jesse ?

– Il prépare ses affaires pour demain. Ce que nous devrons faire, nous aussi, avant de nous coucher.

Meg s'assit et goûta le curry. Il était infect ! Slim faisait de son mieux seulement il n'était pas cuisinier.

Le dessert se révéla encore pire. Il faudra que je lui en parle quand je reviendrai de randonnée, décida-t-elle.

Après le dîner, Laurie monta sur l'âtre surélevé de l'énorme cheminée et donna quelques coups de cuillère sur un couvercle.

– Votre attention, les filles ! J'ai une annonce importante à vous faire !

La légende du cheval de pierre

– Il n'y aura pas de veillée ce soir ! cria Laurie par-dessus le vacarme. Les cavalières du chalet des mouflons doivent préparer leur randonnée. Elles partent demain matin à six heures.

Des grognements de déception accueillirent cette annonce.

– Chalet des mouflons, reprit Laurie, je vous confie une mission. Vous devrez rapporter un trophée qui servira d'exemple aux futures randonneuses. Il sera l'emblème de votre courage et de votre esprit d'équipe. Nous exposerons ce premier trophée, ainsi que ceux qui suivront, sur le manteau de la cheminée. Alors bonne chance, chalet des mouflons, et bonne nuit !

La pièce demeura silencieuse quelques secondes, puis le brouhaha reprit de plus belle. Meg se leva pour débarrasser la table.

– Rendez-vous au chalet, dit Cam à voix basse. Je sais où trouver un trophée génial.

– Tu dois nous jurer de garder le secret !

Dans le chalet des mouflons, cinq visages rayonnants d'excitation se tendaient vers Meg, venue inspecter les sacs de randonnée.

– D'accord. Je le jure.

Les yeux verts de Cam étincelaient d'un éclat nouveau.

– Mon père m'a raconté une légende à propos de la montagne des Mustangs, commença-t-elle. Au sommet de cette montagne, il y a un rocher en forme de tête de cheval.

Meg le connaissait.

– Et dans l'une des grottes formées par ses naseaux, il y aurait un gisement de jade...

– Si c'était vrai, on l'aurait déjà découvert, non ?

– D'après mon père, c'est un petit gisement compliqué à exploiter.

Meg secoua la tête.

– Ça me paraît difficile de monter là-haut et de redescendre en trois jours, mais on peut toujours demander à Jesse.

– Super idée ! s'écria Rachel en bondissant de son lit. Tout le monde sera épaté quand on reviendra avec du jade !

– Je lui en parlerai, promis. Mais on a intérêt à dormir, maintenant, si on veut grimper au sommet de la montagne des Mustangs.

La perspective de rapporter un trophée avait transformé l'atmosphère du chalet. Les cinq filles frémissaient d'excitation.

Meg éteignit la lumière et attendit sur le seuil qu'elles se calment. Puis elle leur souhaita bonne nuit, sortit et ferma la porte. À l'ouest, le ciel était encore violet. Elle respira à fond l'air pur des montagnes et se demanda pour la millième fois de la journée où était Thomas.

Je laisserai un mot à Chuck pour l'avertir de mon départ, se promit-elle.

Dans la chambre qu'elle partageait avec Meg, Alison préparait ses affaires. Elle devait emporter le minimum de vêtements pour ne pas charger son cheval. Il fallait, malgré tout, qu'elle prenne sa nouvelle chemise noire, deux jeans… et la polaire violette qui lui allait si bien.

Elle s'apprêtait à les tasser dans son sac lorsqu'on frappa à la porte. Le visage souriant de Chuck apparut dans l'entrebâillement.

– Qu'est-ce que tu fais ?

– Mes bagages, répondit Alison avec une pointe d'agacement, après je me couche.

Comme d'habitude, Chuck ne se rendit pas compte qu'il la dérangeait.

– Tu vas me manquer, soupira-t-il en s'installant dans l'unique fauteuil de la pièce.

Elle lança sans le regarder :

– Je ne pars que trois jours ! Et pour tout t'avouer je suis contente de quitter le ranch.

– Je te comprends. Quel boulot !

– Thomas va peut-être finir par montrer le bout de son nez, et Rob par revenir... Et puis, Jesse est là, maintenant...

– Il a l'air sympa. Quelle est sa spécialité, en rodéo ?

Alison haussa les épaules et tenta de dissimuler son trouble :

– Je ne sais pas. Tu le lui demanderas.

– Monte de broncos[1] et capture de veaux au lasso, répondit Jesse qui arrivait avec Meg.

– Il a été deux fois champion du Canada, ajouta cette dernière.

1. Un bronco est un cheval non dressé et de caractère ombrageux monté dans les rodéos.

– C'est exact, mais on n'est pas venus parler de rodéo. J'ai pensé qu'on devrait se mettre d'accord sur le circuit de la randonnée.

Chuck se leva :

– OK, je vous laisse, alors. À demain Alison, lança-t-il avec un regard mélancolique.

Il a compris que j'avais un faible pour Jesse ! se reprocha Alison.

La gorge serrée, elle suggéra :

– Euh… on serait peut-être mieux dans la salle à manger, non ? Il n'y a pas beaucoup de place ici.

– J'allais justement vous le proposer, dit Jesse. Je ne me sens pas trop à l'aise dans une chambre de filles, même si vous êtes encore des gamines.

Ces paroles piquèrent Alison au vif. Il la considérait donc toujours comme une gamine ? Eh bien, elle lui montrerait à quel point elle avait changé !

Assis autour d'une table, dans la pénombre de la salle à manger, Alison et Jesse écoutèrent Meg expliquer le projet de Cam.

– C'est possible, à ton avis ? demanda-t-elle à Jesse. Il existe une piste jusqu'au cheval de pierre ?

– Oui, assez bonne. Mais je connais des endroits plus faciles à atteindre en trois jours.

– Essayons, insista Meg. Les filles se font une joie de grimper jusqu'à la tête de cheval et d'en rapporter un trophée de jade... Cam est transformée depuis qu'elle a lancé cette idée.

– Et Cam n'est pas n'importe qui, précisa Alison. C'est la fille d'un ministre susceptible d'ordonner la fermeture du ranch. Si on lui accorde ce plaisir, elle fera un rapport favorable de son séjour à son père.

– D'accord, approuva Jesse. Allons arracher un morceau de jade au naseau de ce cheval de pierre, si cela doit sauver le ranch !

Un départ en randonnée

– Alors, on va au cheval de pierre ? demanda Cam en sortant de l'écurie avec ses camarades.

Il était six heures du matin, l'air était frais. De la vapeur blanche s'échappait des naseaux de leurs montures. Jesse chargeait le cheval de bât.

Meg leur sourit :

– Oui. On va tenter de lui soutirer un trophée.

– Il faut se mettre en route tout de suite ! lança Cam avec impatience en enfourchant Spencer, son cheval bai.

Ses camarades n'étaient pas encore prêtes.

– J'ai les doigts gelés. Je n'arrive pas à défaire cette boucle, grogna Courtney qui se débattait avec sa sacoche de selle.

– Ton cheval reste tranquille, lui, au moins ! bougonna Rachel qui tentait de calmer Shane, un cheval noir, un croisé de quarter horse et de cheval canadien, aux jambes courtes et robustes.

Il avait un amusant toupet sur le front, aussi frisé que les cheveux de sa cavalière.

Didi monta sur son appaloosa en claquant des dents :

– J-j'espère q-que t-tu s-seras s-sage, C-cloud-dy, bégaya-t-elle. P-pourq-quoi c'est t-toujours moi q-qui ai le cheval le p-plus grand alors q-que je suis la p-plus p-petite ?

– Jordan n'est pas là ? s'étonna Alison.

– Encore dans l'écurie, en train d'essayer de sortir Rocco de son box, marmonna Cam. À cette allure-là, on n'arrivera jamais au cheval de pierre.

– Pourquoi tu ne l'aides pas, puisque tu es prête ? répliqua Alison.

– Si tu insistes.

Elle descendit de cheval, tendit ses rênes à Alison, et partit vers l'écurie en traînant les pieds.

– Depuis qu'on est réveillées, Cam n'arrête pas de nous donner des ordres, se plaignit Didi.

À cet instant, Cam surgit de l'écurie avec Rocco, suivie de Jordan qui titubait sous le poids de la lourde selle dont les étriers traînaient dans la poussière.

Le puissant cheval gris pommelé fit un écart lorsqu'elle voulut la lui poser sur le dos.

– Rocco, tiens-toi tranquille ! ordonna Cam.

Il obéit, mais sa queue collée contre l'arrière-train et ses oreilles couchées en arrière indiquaient qu'il était en colère.

La voix crispée et anxieuse de Cam lui déplaisait. Meg prit la longe.

– Laisse-moi faire. Il faut être ferme avec lui, pas tyrannique, expliqua-t-elle à Jordan. Il doit avoir confiance en toi. C'est toi qui le diriges.

Les yeux noisette de Jordan reflétaient la peur et le doute.

– Je vais essayer. J'adore les chevaux. Je croyais que j'aimerais monter, mais je ne suis pas douée. Je n'arrive pas à le diriger !

Meg aurait aimé l'aider à prendre de l'assurance mais ce n'était pas le moment. Jesse donnait les dernières consignes avant le départ.

– Tout ce que vous souhaitez garder à portée de main doit être rangé dans les sacoches de selle. Je ne veux rien voir se balancer à votre cou, appareil photo ou autre. Lorsque vous serez prêtes, mettez-vous en ligne à côté de vos montures afin que je vérifie que tout est en ordre.

Les filles lui obéirent au doigt et à l'œil.

Un quart d'heure plus tard, elles étaient prêtes, même Jordan. La lumière rosée du soleil levant se reflétait sur les crinières des chevaux alignés pour l'inspection.

Au moment où Jesse s'apprêtait à contrôler les brides et les sous-ventrières, Becky sortit en courant de la maison.

– Papa et maman veulent que je vous accompagne ! Ils ont appelé des amies en renfort : Ruby, de Sunrise Lodge, vient s'occuper de la cuisine, et Claire, la garde forestière, prend quelques jours de vacances pour leur donner un coup de main.

– Formidable ! s'écria Meg. Qui s'occupera de ton groupe pendant ton absence ?

– Maman. Elle tient absolument à ce que cette randonnée soit couronnée de succès, et c'est moi qui ai la plus grande expérience des longues distances.

C'était vrai. À l'automne, elle avait participé à une course d'endurance de plus de quatre-vingts kilomètres[1].

Becky se précipita vers l'écurie pour seller sa jument Ombre.

– Ce sera comme au bon vieux temps, toutes les trois sur la piste avec Jesse comme guide, commenta Alison en caressant son cheval.

Meg sourit. Jesse s'approchait justement d'Alison.

– Il est très beau, Al, fit Jesse en passant la main sur le flanc sombre de Lucky.

Lucky avait des balzanes blanches et une tache blanche en forme de trèfle à quatre feuilles sur le front.

– Où l'as-tu trouvé ?

1. Lire *Cheval intrépide* dans la même série.

Alison hésita avant d'avouer :

– C'est Chuck qui l'a trouvé pour moi. On a gagné trois courses de barils avec lui l'année dernière…

– Ce Chuck est un ami précieux.

Il lui fit un clin d'œil et s'éloigna.

– Qu'est-ce qu'il a voulu dire ? demanda Alison entre ses dents.

– Je ne sais pas, éluda Meg. Voici Becky, avec Ombre.

– Parfait, à cheval, les filles, ordonna Jesse. Alison, tu fermes la marche, tu t'assures que personne ne reste à la traîne. Becky, tu te mets au milieu, et toi, Meg, en tête, juste derrière moi.

Alison protesta :

– Je peux changer avec Meg? Lucky déteste être le dernier.

– C'est plutôt Alison qui déteste être la dernière, chuchota Becky à l'oreille de Meg.

Jesse secoua la tête.

– On commence comme j'ai dit. S'il y a un problème, on change. Maintenant, écoutez-moi bien, chalet des mouflons. Nous devons atteindre le camp de Terre Brûlée avant la tombée de la nuit. C'est un long trajet. On s'arrêtera pour déjeuner ; si l'une de vous a besoin de se reposer, qu'elle le demande. Mais, tout d'abord, je veux m'assurer que vous connaissez les règles de base de la randonnée équestre. Allez-y, je vous écoute !

– On avance en file indienne, clama Didi de sa voix haut perchée. Et on ne laisse pas son cheval dépasser celui qui précède.

– On s'incline en avant dans les montées ! cria Rachel.

– On se penche en arrière dans les descentes, ajouta Courtney.

– On déchausse ses étriers sur un terrain très accidenté, dit Jordan.

– On baisse la tête pour passer sous les branches, conclut Cam.

Becky sourit à Meg.

– Incroyable ! Elles ont retenu tout ce que je leur ai appris. Avec Jesse comme guide, nous ne devrions rencontrer aucun problème.

– Tu oublies Alison !

Telle l'aiguille d'une boussole attirée par le nord, le regard d'Alison était rivé sur Jesse. Meg secoua la tête.

– Je te parie une tablette de chocolat qu'elle aura pris ma place avant le déjeuner.

– Pauvre Chuck, murmura Becky. Il n'est pas venu nous dire au revoir, et elle s'en fiche complètement !

Monté sur Tailor, Jesse traversa la cour, franchit le portail puis descendit la prairie jusqu'à la rivière qui bordait le ranch.

Les cavalières le suivirent en file indienne.

Au-dessus de leurs têtes, se dressaient le sommet de la montagne des Mustangs et le cheval de pierre embrasé par le soleil du matin.

Alison se retourna pour voir si Chuck venait leur dire au revoir, il n'y avait personne. Elle se sentit coupable de partir ainsi. Mais, après tout, elle n'y était pour rien. Chuck n'avait pas le charme de Jesse.

Une rencontre

Très vite, Alison et Jordan se laissèrent distancer. Arrivée au pied d'une pente très raide, cette dernière s'inquiéta :

– On va pouvoir monter ?

– Évidemment ! Les autres l'ont fait... il y a une éternité !

Cependant, Rocco hésitait, glissait, partait en zigzags.

– Accélère ! cria Alison. Lucky a besoin d'élan pour grimper.

Finalement, Alison passa devant elle.

– Mais... mais, je croyais qu'on n'avait pas le droit de se dépasser, bredouilla Jordan.

– Penche-toi en avant, encourage ton cheval. Et surtout empêche-le de manger sans arrêt !

Alors qu'elle essayait désespérément de faire avancer sa monture, Jordan vit Alison et Lucky disparaître entre les arbres. Bientôt elle se retrouva seule, plongée dans un terrible silence.

Rocco s'arrêta une fois de plus et commença à grignoter un buisson.

– ARRÊTE ! cria-t-elle en tirant violemment sur les rênes. AVANCE !

Le cheval gris l'ignora.

Jordan se serait bien laissée glisser de la selle, mais elle avait peur. Et si elle rencontrait un grizzly ? Et si elle se perdait ? Il valait vraiment mieux compter sur Rocco pour retrouver ses camarades.

Loin devant, Jesse guidait le petit groupe au milieu d'une forêt de pins. Les sabots des chevaux s'enfonçaient dans une épaisse couche de mousse et de buissons de canneberge sauvage parsemés de minuscules fleurs roses. Un vent vif chassait les nuages à travers le ciel bleu et faisait chanter les branches.

Dans son dos, Meg entendait les filles rire et bavarder. Si elles n'appréciaient pas la beauté dont elles étaient entourées, au moins, elles s'amusaient.

Ils redescendaient la crête lorsque, soudain, le hurlement d'une tronçonneuse déchira l'air. Ils s'immobilisèrent devant une large zone dénudée où les pins avaient été coupés. Cela sentait le bois frais et l'essence. En lisière de la clairière, un homme en veste orange et casque de chantier brandissait sa tronçonneuse.

– J'ai un groupe d'enfants avec moi, hurla Jesse. Vous pourriez éteindre votre engin ?

L'homme ôta son casque, coupa le moteur et retira ses lunettes.

– Désolé ! Je ne m'attendais pas à voir arriver des cavaliers. L'équipe d'élagage est passée il y a quelques jours. Je nettoie derrière elle.

– Pourquoi ces arbres ont-ils été coupés ? demanda Meg.

– Pour permettre le passage d'un oléoduc, répondit l'inconnu en tendant la main à Jesse. Je m'appelle George. Je travaille pour Power Pipelines.

Jesse échangea une poignée de main avec l'homme au visage tanné par le soleil.

– Moi, c'est Jesse.

– Qu'est-ce que vous venez faire en dehors des limites du parc national ?

– On va jusqu'au sommet de la montagne des Mustangs. C'est l'itinéraire le plus facile pour des novices.

Entre-temps, Alison et les filles les avaient rejoints.

– Ouah ! Quel chantier ! s'exclama Rachel en découvrant les arbres abattus.

– Cette zone va être exploitée par une compagnie pétrolière, expliqua Cam. J'ai entendu mon père en parler.

– Cam ne loupe jamais une occasion de nous rappeler que son père est un type important, marmonna Courtney.

– Ce n'est pas vrai ! protesta Cam, le visage empourpré.

Meg sentit son cœur se serrer. Pas étonnant qu'il soit question de fermer le ranch des Mustangs. La région offrait un terrain idéal pour l'exploration gazière et pétrolière.

– Prenez garde si vous contournez la montagne, reprit George. Notre équipe a signalé que des ponts et des routes avaient été coupés à cause des fortes pluies de la semaine dernière.

– On restera sur les pistes d'altitude, à l'écart des routes, le rassura Jesse.

– Et en grimpant là-haut, méfiez-vous des coulées de boue.

– On sera prudents, promit Jesse. Si vous nous accordez dix minutes, nous aurons le temps de traverser la coupe.

– Ce sera peut-être un peu plus long, annonça Alison d'une voix tendue. J'ai perdu Jordan.

Jesse lui lança un regard furieux.

– Tu étais censée la surveiller !

– Ce n'est pas la faute de la Panthère, grogna Courtney.

– Jordan est la reine des retardataires, affirma Didi.

Jesse enfonça son Stetson sur son front.

– Peu importe. Alison, Becky, retournez la chercher.

Puis il se tourna vers George :

– Désolé, ce sera plus long que prévu, il nous manque une cavalière.

Dix minutes plus tard, encadrée par Alison et Becky, Jordan avançait enfin au trot.

Contrarié de ne pas pouvoir s'arrêter pour manger, Rocco frôlait les arbres pour coincer sa cavalière contre les troncs et sous les basses branches.

– Baisse-toi, rugit Becky.

Une branche érafla le casque de Jordan.

– Ne te laisse pas malmener comme ça par ton cheval ! cria Alison.

– J'essaie ! gémit Jordan.

Il lui manque quelques leçons d'équitation, pensa Meg. Si elle ne s'améliore pas, ces trois jours seront pour elle un véritable enfer.

Elles débouchèrent sur la clairière dans un silence pesant.

– Dépêchons-nous ! les pressa Jesse. On a encore une longue route à parcourir avant le déjeuner.

À bout de souffle, Jordan demanda :

– On ne peut pas se reposer un peu ?

– On se repose depuis une demi-heure ! s'indigna Cam.

Jordan se sentait si fatiguée qu'elle en avait la nausée. Elle mourait d'envie de descendre de selle. Tous ses muscles la faisaient souffrir.

– Mettez pied à terre, ordonna Becky. Enfilez vos cirés. Il va pleuvoir.

– C'est juste une excuse pour laisser Jordan se reposer ! protesta Rachel.

– Regarde le ciel, répliqua Becky en désignant les nuages gris foncé qui s'amoncelaient au-dessus de leurs têtes.

– J'ai l'air complètement ridicule avec ce truc sur le dos ! glapit Didi.

Son grand ciré jaune touchait le sol.

– On a rarement des cow-boys de ta taille au ranch des Mustangs, plaisanta Becky. Attends, je vais t'aider à remonter sur Cloudy. Au moins, tu seras au sec.

Jordan avait les doigts tellement raides qu'elle n'arrivait pas à détacher le ciré de sa selle. Meg l'aida et murmura :

– Profite de ce répit pour t'étirer.

– Je ne sais pas si je pourrai remonter sur Rocco, chuchota la petite.

Son cheval était si tendu que Meg prit très vite une décision.

– D'accord. Monte Cody pendant un moment. Je prendrai Rocco.

Becky s'approcha.

– Excellente idée. Ne tire pas sur les rênes, Jordan, sauf si tu veux l'arrêter. Et ne crispe pas les mains. Il sait ce qu'il faut faire.

Elle vit la fillette soupirer de soulagement. Elle la hissa sur la selle de Cody et régla les étrivières.

– Je me mets derrière elle, Meg. Passe devant avec Rocco. Comme ça, on ne la perdra pas.

– Alors, vous venez, oui ou non ? s'impatienta Cam.

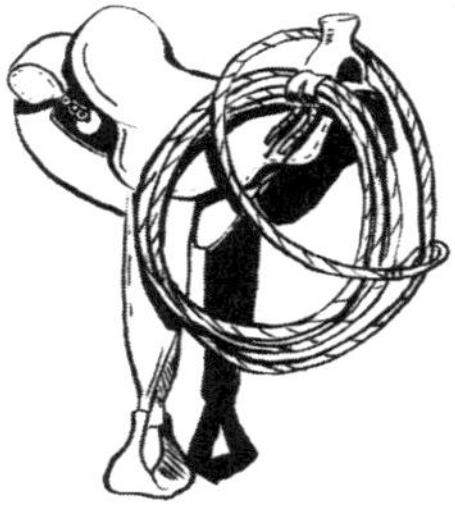

Elles étaient déjà toutes alignées derrière Alison, placée en second, comme Meg l'avait prédit.

Les cavaliers traversèrent la clairière. Rocco fit mine de s'ébrouer et de piaffer, mais l'assurance et la douceur des mains de sa cavalière le rassurèrent et il rentra dans le rang.

Sinistre découverte

Bientôt, la piste longea une vallée abritée au sol stable et à la végétation clairsemée qui convenaient beaucoup mieux aux chevaux. Dans le ciel, les nuages noirs ne tardèrent pas à se dissiper. Les cavalières purent même ôter leur ciré qu'elles attachèrent derrière les selles.

Toujours en tête après Jesse, Alison réfléchissait au moyen de regagner son estime.

D'accord, je me suis mal comportée, admit-elle. Je voulais le rattraper alors que j'aurais dû rester avec Jordan. C'est la plus jeune, et les autres en ont fait leur souffre-douleur, mais elle le mérite. Une vraie nullité à cheval !

Brusquement, Jesse s'arrêta, se laissa glisser à terre et s'accroupit sur ses talons. Il fixait un point au milieu des hautes herbes. Alison s'approcha :

– Qu'est-ce que c'est ?

– C'était un cheval.

On ne distinguait plus que des sabots, des côtes et quelques touffes de crins noirs.

– Que lui est-il arrivé ?

– Je ne crois pas qu'il soit mort naturellement. À en juger par ses sabots, c'était un cheval sauvage, il n'a jamais été ferré.

– Un puma l'aurait attaqué ?

Jesse examina les os.

– Je ne pense pas. Ses os ont été brisés pour atteindre la moelle. Seuls les loups font ça.

– Des loups peuvent tuer un cheval ?

– Oui, ils peuvent facilement le jeter à terre. Ils visent les tendons des jarrets et le paralysent. On raconte qu'ils dévorent leurs proies vivantes.

Alison frémit.

– Tu n'es pas aussi insensible que tu voudrais le paraître, hein, Al ? dit Jesse qui l'observait.

– Tu me trouves… insensible ?

– Quelquefois.

Il détourna le regard.

– Voici le reste de la troupe. À ta place, je ne parlerais pas des loups. Inutile d'effrayer les petites.

– Il y en a encore qui rôdent dans les parages?

– Possible.

Il se redressa, prit en main les rênes de Tailor et, d'un mouvement souple, sauta en selle.

Les filles se regroupèrent autour du squelette. Horrifiée, Didi désigna les crins et les os :

– Qu'est-ce que c'est?

– Juste un squelette de cheval, répondit Jesse. Il est sans doute mort de vieillesse.

– D'après Jesse, c'était un cheval sauvage, rapporta Alison à Meg.

Meg observa les restes éparpillés.

– Le pauvre! Il faudra que j'en parle à Thomas quand il viendra. S'il vient un jour.

Alison faillit confier à son amie ce que Jesse lui avait appris sur les loups. Mais elle décida d'attendre qu'elles soient seules. Si les filles l'entendaient, elles seraient paniquées à la perspective de dormir à la belle étoile.

À deux heures, ils firent une brève pause déjeuner.

– Cet affreux squelette m'a coupé l'appétit, déclara Didi avec une grimace de dégoût.

– Il en faudrait davantage pour m'empêcher de manger, marmonna Courtney qui se gavait de fromage et de crackers.

Cam se leva et froissa l'emballage de son sandwich.

– Dépêchez-vous de finir votre repas. À ce train-là, on n'arrivera jamais au cheval de pierre.

Rachel lui jeta un regard noir.

– Dis-moi un peu, Cam, pourquoi ce caillou t'obsède autant ?

– Je veux rapporter un morceau de jade. Pas vous ?

– Si, reconnut Rachel en haussant les épaules. Mais tu n'as pas besoin de nous le rappeler toutes les cinq minutes !

Jesse les interrompit.

– Rassemblez vos détritus et rangez-les dans vos sacs de pique-nique.

– Oui, maître, répondit Rachel. Nous sommes vos humbles sujets. Nous obéissons à vos ordres.

Sans répondre, Jesse baissa son Stetson et se dirigea à grandes enjambées vers son cheval.

Meg regardait Cam. Elle était déjà en selle et tirait avec impatience sur les rênes de Spencer.

– Rachel a raison, murmura-t-elle à Becky et Alison tandis qu'elles remontaient à cheval. Cam a l'air obsédée par ce trophée.

– Quelle importance ? répliqua Alison. Si on lui fait plaisir, on sauve le ranch. N'est-ce pas le principal ?

– Si, admit Becky. À condition d'atteindre la grotte sans problème. À mon avis, le cheval qu'on a découvert n'est pas mort de vieillesse.

Quand ils parvinrent au pied de la montagne des Mustangs, les premières coulées de boue apparurent. Le sentier serpentait sous une haute falaise ; des rochers qui s'en étaient détachés bloquaient le passage.

Becky se porta à la hauteur de Jesse.

– Tu crois qu'on peut les contourner ?

– Ce ne sont pas ces rochers-là qui m'inquiètent. Ce sont ceux qui ne sont pas encore tombés. Je n'aime pas l'aspect de cette falaise.

Comme pour confirmer ses craintes, une petite pluie de pierres dévala la falaise.

– Je vois, approuva Becky en fronçant les sourcils. Qu'est-ce que tu suggères ?

– On retourne au dernier croisement pour prendre la piste qui passe par le sommet de la falaise. Ce sera plus dur pour les chevaux, mais plus sûr.

Il regarda sa montre et ajouta :

– Il faut se dépêcher si on veut arriver à Terre Brûlée avant la nuit.

La piste se révéla en effet beaucoup plus difficile, et pas seulement pour les chevaux.

Au-delà de la forêt, les arbres, rabougris par le vent, ne donnaient pas d'ombre. Le soleil tapait fort. Très vite, les robes des chevaux se couvrirent de sueur.

– On arrivera à temps au camp de Terre Brûlée ? s'inquiéta Alison.

Jesse hocha la tête.

– Oui. Si rien ne nous retarde.

À sa voix, Alison sentit qu'il était tendu. Elle se retourna sur sa selle.

Les filles ne riaient plus. Elles gravissaient la pente en silence. Leurs chevaux avançaient à pas prudents en balayant l'air de leur queue. Becky et Meg encadraient toujours Jordan.

Vingt minutes plus tard, Jesse leva le bras pour signaler une nouvelle pause.

– Nous voilà de retour dans le parc national, annonça-t-il.

Cam posa la question que toutes avaient en tête :

– Le camp de Terre Brûlée est encore loin ?

Aucune d'elles n'avait jamais fait une aussi longue randonnée.

– On y arrivera dans quatre heures environ.

– Mais j'ai déjà les genoux en compote ! se lamenta Rachel.

– Cette piste est trop dure, bougonna Courtney.

– Demain, le chemin sera aussi long et aussi pénible qu'aujourd'hui, rétorqua Jesse. Mais personne ne vous oblige à monter jusqu'au cheval de pierre. On peut choisir un circuit moins difficile…

Cam se dressa aussitôt sur ses étriers.

– Non ! On va chercher le trophée de jade !

– Est-ce que vous êtes toutes d'accord ? demanda Becky.

– Oui, approuvèrent Rachel et Courtney.

– Pas question d'abandonner maintenant, affirma Didi.

Jordan se contenta de hocher la tête.

– Très bien, fit Jesse en talonnant Tailor. Je ne veux plus vous entendre protester. Si on maintient cette allure, on arrivera au camp bien avant la tombée de la nuit.

Meg reprit sa place en queue. Elle avait remarqué, le long de la piste, des pyramides de crottin frais caractéristiques des étalons sauvages. S'il y avait des chevaux sauvages dans les parages, Thomas était peut-être sur leurs traces. Avec un peu de chance, il avait lu son mot et les attendait au camp de Terre Brûlée !

Deux inconnus

Thomas n'était pas au camp lorsque, quatre heures plus tard, les cavalières épuisées mirent pied à terre dans une prairie de haute montagne bordée par un bosquet d'arbres au milieu duquel coulait un torrent.

– Avant de vous effondrer, débarrassez votre cheval de sa selle et de sa bride et emmenez-le boire, ordonna Meg.

– Ah, non, je n'en peux plus, râla Didi.

– On va dormir ici ? s'indigna Cam. Il n'y a même pas une cabane pour les toilettes ?

– Les toilettes sont là, dit Becky en désignant une bâche bleue tendue autour de quatre poteaux.

– Tu parles d'un camp ! ronchonna Courtney.

– Vous êtes en pleine montagne ! leur rappela Becky. À quoi vous attendiez-vous ? À un hôtel cinq étoiles ?

– Occupez-vous des chevaux, insista Meg.

Les filles levèrent les yeux au ciel.

– D'ac, Megarâleuse, grommela Rachel entre ses dents.

Il y eut quelques ricanements étouffés.

Peu importe, pourvu qu'elles s'occupent des chevaux ! se dit Meg.

Pendant que Jesse, Alison et Becky déchargeaient le cheval de bât et installaient le camp, elle emmena Rocco, les cinq filles et leurs montures au bord du torrent.

Jesse avait choisi Terre Brûlée à cause de cette belle prairie à l'herbe grasse où les chevaux pourraient brouter en liberté pendant la nuit, une clochette attachée autour du cou.

– Bien ! Lorsque vos chevaux se seront désaltérés, conduisez-les à Jesse, lança Meg. Mais ne traînez pas trop, il faut que vous ramassiez du bois pour le feu.

Des grognements accueillirent ses ordres, toutefois les filles s'exécutèrent.

Meg vérifia que Jordan ne se laissait pas distancer. Il y avait des grizzlis dans la région ; personne ne devait se retrouver isolé.

– Un incendie a ravagé cette partie de la montagne il y a quelques années, précisa Meg. Choisissez du bois à moitié calciné qui brûlera mieux, des petites branches et des brindilles.

Lorsque les cinq filles revinrent, les bras chargés de bois, Meg les félicita :

– C'est parfait. Et maintenant, pendant que je vous prépare un délicieux dîner, montez votre tente et dépliez vos duvets. Plus vite vous aurez fini, plus vite vous vous reposerez.

Elle alluma le feu, qui ronfla bientôt gaiement. Ensuite, elle mit des haricots sautés à chauffer dans une casserole et des saucisses à griller dans une poêle. Il y aurait du crumble aux pommes pour le dessert.

Dans leur tente, les cinq filles se disputaient pour savoir qui dormirait à côté de qui. Jordan, Meg en était certaine, hériterait de la plus mauvaise place.

Soudain, elle entendit Jesse crier :
– On a de la compagnie !
Deux cavaliers s'approchaient du camp. L'un, monté sur un bai brun aux balzanes blanches, avait une cinquantaine d'années ; l'autre, sur un paint, paraissait beaucoup plus jeune.
– Bonsoir, lança ce dernier.
Jesse, Alison et Becky sortirent du bosquet où ils s'occupaient des chevaux.
Meg s'apprêtait à proposer aux visiteurs de partager leur dîner quand un regard de Jesse l'en dissuada. Qu'est-ce que ces hommes faisaient à une telle altitude, sur la montagne des Mustangs ?
Ce fut Alison qui s'adressa finalement à eux d'un ton assuré :
– On vient d'un centre équestre, plus bas. On emmène cinq filles en randonnée.
Becky avança d'un pas.
– Et vous ? Qu'est-ce que vous faites ici ?
– On admire le paysage. En apercevant votre feu, on a cru que c'était le gars qui nous suit, un Indien sur un appaloosa, qui campait là.
Meg retint son souffle. Thomas ! Il était dans les environs et devait avoir une bonne raison de suivre ces deux hommes.
– Qu'est-ce qui vous fait croire qu'il… commença Alison.

– Ne te mêle pas de ce qui ne te regarde pas ! la coupa Meg. Ces deux cavaliers savent ce qu'ils font.

Le plus jeune lui adressa un petit sourire en coin.

– Exact. Viens, Bruce. Laissons-les dîner. Je sens qu'on gêne.

Et ils partirent au trot.

– Ils parlaient sûrement de Thomas ! lâcha Alison. Pourquoi les surveillerait-il ?

Jesse regardait les deux hommes s'éloigner.

– L'un monte un bai brun, l'autre un paint. Souvenez-vous-en.

– Pourquoi ? s'exclama Alison avec impatience.

– Parce que ce Bruce et son ami sont louches, répondit Becky. Ils ne te rappellent pas ce chasseur de primes qu'on a rencontré il y a deux ans ?

– Ou les voleurs de chevaux sauvages de l'année dernière, murmura Meg. C'est pour ça que Thomas les suit. Ce sont peut-être des voleurs de chevaux.

– Arrêtez de vous imaginer le pire, tempéra Jesse. Malgré tout, je suis content que les filles soient restées dans leur tente. Je vais suivre ces deux types discrètement et essayer d'en savoir plus.

– Je peux venir avec toi ? demanda Alison.

– Non, Al. Je n'ai pas envie qu'ils nous repèrent.

Il se dirigea vers Tailor, attaché par une longe à un arbre.

Mains sur les hanches, Alison soupira :

– Il continue à me traiter comme une gamine.

– Tu en fais peut-être un peu trop, remarqua Becky avec un petit sourire. Tu te rappelles ce que tu as dit de Chuck et de son attitude de chien fidèle ?

– Chuck ? Je n'ai pas pensé à lui une seule fois depuis ce matin.

– Attention ! Voilà les terreurs du chalet des mouflons !

Une veillée au camp de Terre Brûlée

C'est une bande de quatre filles épuisées qui prit place autour du feu. Les yeux de Rachel avaient perdu leur éclat provocateur ; les cheveux blonds de Cam pendaient en désordre sur ses épaules ; Courtney s'endormait et Didi geignait comme un petit chat perdu.

– Je ne peux pas manger. Je suis trop fatiguée !

– Où est Jordan ? demanda Meg.

Rachel désigna leur tente d'un geste vague.

– Toujours en train de faire son lit. La fermeture Éclair de son duvet s'est coincée, je crois.

– Et, bien entendu, personne ne l'a aidée ! s'emporta Alison.

– Elle est tellement lente, soupira Courtney.

– Je vais lui donner un coup de main, déclara Meg.

– Quoi ! On ne mange pas tout de suite ? protesta Rachel.

– On attend Jesse, répondit Becky. C'est la moindre des politesses.

– Où il est parti, le beau cow-boy ?

Alison préféra mentir plutôt que de mentionner la visite des deux mystérieux étrangers.

– Voir les chevaux.

Meg découvrit Jordan profondément endormie sur son sac de couchage.

– Réveille-toi, lança-t-elle doucement. Le dîner est prêt.

La petite sursauta, l'air terrorisée :

– Oh ! J'ai fait un rêve horrible. Cody et moi, on allait être écrasés contre le flanc de la montagne par des rochers.

– Ce n'était qu'un cauchemar. Allez, viens. Tu t'es bien débrouillée, aujourd'hui, dit-elle en l'aidant à se relever. Depuis que tu es sur Cody, tu montes beaucoup mieux. Je suis fière de toi.

Un sourire éclaira le visage mince de Jordan.

– C'est vrai ? Où sont les autres ? J'ai dormi longtemps ?

– Non, elles sont autour du feu. On attend Jesse. Laisse-moi t'aider à arranger ton duvet.

En quelques secondes, la fermeture Éclair fut débloquée. Meg tâta le sol bosselé :

– C'est ton coin, ici ?

– Oui, ce n'est pas le meilleur, mais au moins je ne dormirai pas à côté de Courtney. C'est une vraie langue de vipère. Je leur montrerai que je sais monter à cheval moi aussi !

– Viens manger maintenant. Tu te sentiras beaucoup mieux après.

Lorsqu'elles arrivèrent près du feu, Jesse était de retour.

Une fois rassasiés, les cinq filles, les trois monitrices et leur guide restèrent assis autour du feu tandis que la nuit descendait.

– Vous connaissez des chansons de veillée ? demanda Jesse.

Quelques grognements épuisés lui répondirent.

– Vous connaissez celle-là ? poursuivit-il.

Il commença à chanter doucement :
– Le feu brûle, brûle, brûle,
Rapproche-toi, rapproche-toi,
Au crépuscule, au crépuscule,
Viens chanter avec moi.

– C'est quoi, le crépuscule ? le questionna Didi.

– La dernière lueur du jour qui précède la nuit, expliqua-t-il en désignant les traces roses et violettes qui teintaient le ciel au-dessus des montagnes. Allez, on va chanter en canon. Je commence avec Alison. Meg et Becky enchaîneront et, ensuite, ce sera à vous, toutes les cinq ensemble.

Accompagné d'Alison, il reprit :

– Le feu brûle, brûle, brûle...

Meg et Becky entonnèrent à leur tour le premier vers.

Les filles chantèrent, d'abord d'une voix hésitante, puis avec assurance, enfin ils hurlèrent tous les neuf à l'unisson :

– Viens chanter avec moi !

– Génial ! approuva Jesse en souriant.

Meg se leva pour servir du chocolat chaud. Becky ajouta du bois sur le feu.

– On chante une autre chanson ? proposa Courtney.

Pendant qu'elles entonnaient une vieille chanson de cow-boy, Jesse se pencha à l'oreille d'Alison.

– C'est parfait. Je préfère que, de loin, les rôdeurs aient l'impression qu'on est nombreux.

– Les rôdeurs ?

– Deux loups que j'ai aperçus sur la crête, au-dessus de nous, répondit Jesse en tisonnant le feu avec un bâton.

– Des loups ? fit Alison, la gorge serrée.

– Je ne crois pas qu'ils nous ennuient. Les loups n'attaquent pas l'homme, surtout s'il y a un feu. Inutile d'en parler aux filles. Dès qu'il fera nuit, j'irai chercher les chevaux dans la prairie.

– Et tu as découvert quelque chose en suivant Bruce et son copain ? chuchota Alison.

Des frissons lui parcouraient le dos. Jesse était si près qu'elle sentait l'odeur chaude du cuir de sa vieille veste.

– Ils campent près d'ici. Et ils ont des fusils très puissants. Pas vraiment le genre de matériel utile pour admirer le paysage.

Il se leva.

– Désolé de vous interrompre, mais c'est l'heure d'aller se coucher. Tout le monde connaît l'hymne de la nuit ?

– Bien sûr ! s'écria Courtney. On le chante tous les soirs au camp.

Les cinq filles se relevèrent tant bien que mal et saisirent la main de leur voisine. Les flammes faisaient briller leurs visages réjouis.

Alison se sentit traversée par un courant électrique en prenant la main de Jesse. Et les neuf voix clamèrent à l'unisson :

– C'est la fin de la journée
Le soleil a disparu
La nuit est descendue
Sur le lac et les sommets
Le calme règne, dormez, dormez…

Le calme règne ? pensa Alison. Espérons-le !

Pendant que les filles regagnaient leur tente en titubant de fatigue, Jesse s'éclipsa discrètement pour rassembler les chevaux. La nuit serait peut-être longue.

Des cris dans la nuit

À minuit, alors qu'elle se dirigeait vers les tentes, Becky distingua sur sa droite des taches jaunes luisant dans le noir. Des yeux obliques, fixes et féroces.

Dès qu'elle braqua le rayon de sa lampe torche dans leur direction, ils disparurent. Elle regagna sa tente en courant, et elle se jeta entre Meg et Alison.

– Aïe ! Qu'est-ce qui te prend ? protesta cette dernière en se redressant.

– Vite, remonte la glissière. Il y a des bêtes dehors.

Alison ferma la tente et se recoucha.

– Je sais. Jesse a aperçu deux loups sur la crête tout à l'heure.

Un long hurlement retentit à cet instant. Un second lui répondit, beaucoup plus proche.

Becky frissonna.

Meg se redressa d'un bond.

– On dirait qu'ils nous encerclent.

– Je vais voir les filles, annonça Alison en chaussant ses bottes. Elles doivent être terrorisées.

– Tu parles ! Tu cherches simplement une excuse pour voir Jesse ! s'exclama Becky.

– Pas du tout, j'essaie de me conduire en monitrice responsable !

Un hurlement s'éleva à nouveau, lugubre.

Les chevaux s'agitèrent dans leur enclos.

– Je vais voir si je peux les calmer, murmura Meg en attrapant ses bottes.

– Pas question que je reste toute seule, grommela Becky. De toute façon, je ne pourrai pas me rendormir.

Elles s'extirpèrent de la tente, lampe torche à la main. La silhouette de Jesse se découpait devant le feu où il jetait des brassées de branches pour le ranimer. Alison se précipita vers lui.

– Je vais t'aider !

– Voilà ce que j'appelle une monitrice responsable, chuchota Meg à Becky. Va voir les petites, je m'occupe des chevaux.

Becky s'agenouilla devant la tente des filles et remonta la fermeture à glissière.

– Tout le monde va bien ? murmura-t-elle doucement.

Cinq ronflements lui répondirent. Becky sourit.

Pendant ce temps, Meg s'était glissée dans l'enclos des chevaux.

– Soyez sages, chantonna-t-elle. Les loups ne vous feront pas de mal. Nous montons la garde.

Elle se rendit ensuite près du feu.

– Écoutez-les, dit Alison en frissonnant. Ce sont peut-être eux qui ont tué le cheval sauvage dont on a trouvé le squelette cet après-midi.

– Ce n'est qu'une bande de loups qui en appelle une autre, les rassura Jesse. Ne vous inquiétez pas. Ils n'approcheront pas davantage.

– J'espère que Thomas n'est pas seul en pleine montagne, s'inquiéta Meg. Il aurait dû nous rejoindre depuis le temps.

– L'Indien dont parlaient les deux étrangers est ton ami Thomas ? demanda Jesse. Celui que je remplace ?

– Nous sommes toutes les amies de Thomas, rectifia Becky. Mais Meg est sa petite amie.

Meg se sentit rougir. Elle devinait ce que Jesse pensait : si Thomas était dans la région, pourquoi n'était-il pas venu prendre la tête de la randonnée, comme prévu ?

Il était presque trois heures du matin lorsque le chœur des loups se perdit dans le lointain.

– Ça y est, la chasse est finie, dit Jesse en bâillant. Si on allait faire un petit somme ?

Ils regagnèrent leurs tentes respectives.

– À quoi bon dormir pour se relever dans trois heures ? remarqua Becky.

– Je ne m'étais pas rendu compte qu'il y avait tant de cailloux sous mon duvet, se plaignit Meg.

Alison poussa un grand soupir puis s'allongea et murmura d'une voix passionnée :

– Je suis certaine que Jesse m'aime beaucoup.

– Tu rêves, se moqua Becky. Il te supporte, rien de plus.

– Non ! Je t'assure ! Devant le feu, tout à l'heure, il n'arrêtait pas de me regarder.

– Parce que tu faisais tout pour attirer son attention ! Tu n'arrêtais pas de lui demander s'il voulait encore du café, et chaque fois que tu jetais une brindille dans le feu, on aurait dit que tu risquais ta vie !

Becky ajouta, en imitant la voix d'Alison :

– Aïe ! Ça brûle !

– Chut ! Il va t'entendre.

– C'est déjà fait, et il ne souhaite qu'une chose : qu'on se taise et qu'on le laisse dormir ! répliqua Becky en riant. Bonne nuit, Alison. Bonne nuit, Meg.

– Bonne nuit, murmura Meg.

Meg fut tirée de son duvet par des cris stridents et des éclats de rire. Elle sortit de la tente en chaussettes, fit quelques pas dans la rosée glacée et s'arrêta net.

– Mais, qu'est-ce qui vous prend ?

Quatre filles en pyjama dansaient autour d'une tente effondrée qui tressautait comme un animal sauvage.

De l'intérieur s'élevaient des cris étouffés :

– Au secours ! Laissez-moi sortir ! J'étouffe !

Meg se rua vers la tente et attrapa Rachel par le bras :

– Qu'est-ce que vous avez fait ?

– Rien ! répondit Rachel en se dégageant.

Elle riait tellement qu'elle en pleurait. Courtney prit sa défense :

– C'est vrai ! Jordan a réussi ça toute seule.

Didi s'étouffait de rire.

– Elle s'est cognée contre le piquet central et l'a renversé !

– On était déjà sorties de la tente, précisa Cam. Jordan dormait encore. Comme d'habitude.

– Et aucune de vous n'a essayé de l'aider ! gronda Meg, furieuse.

Trop absorbée par le spectacle, elle n'entendit pas le cheval approcher. Soudain, une main ferme saisit le sommet de la tente et le souleva.

– Besoin d'aide ? questionna la voix qu'elle aimait tant.

Elle se retourna d'un bond. Monté sur Palouse, Thomas lui souriait.

Brusquement, les quatre filles se transformèrent en statues. Bouche bée, elles fixaient sans bouger le beau cavalier aux cheveux noirs dont les yeux bruns ne regardaient que Meg.

Jordan, en larmes, le visage rouge, se tortilla hors de la tente. Dès qu'elle vit Thomas, elle cessa de pleurer.

– Ne t'inquiète pas, lui dit-il en souriant. Ça m'est arrivé plus d'une fois de faire tomber ma tente. En général, seul mon cheval, Palouse, est là pour se moquer de moi.

Il caressa l'encolure de l'appaloosa.

– Je rêvais que je tombais, bafouilla Jordan. J'ai voulu attraper une branche et la tente s'est effondrée sur moi !

Thomas se laissa glisser à terre.

– Content d'être arrivé à temps pour me rendre utile, dit-il en prenant la main de Meg. Et désolé d'être en retard. Voici les randonneuses du ranch des Mustangs, j'imagine.

– Thomas, je te présente Jordan, Didi, Courtney, Rachel et Cam, dit Meg.

– Alors… c'est toi… le Thomas qui devait être notre guide ? bredouilla Didi.

Thomas hocha la tête.

– Ouah. Super.

– Tu restes avec nous ? questionna Rachel avec curiosité.

– Si Meg veut bien, plaisanta-t-il.

– Même si elle ne veut pas, nous on est d'accord, affirma Courtney. Pas vrai ?

– Oui ! s'exclamèrent les autres en chœur.

– Nous montons jusqu'au cheval de pierre, précisa Cam, pour en rapporter un trophée. Une légende affirme qu'il y a du jade dans une grotte. Tu crois que c'est vrai ?

Un sourire amusé éclaira le visage de Thomas.

– C'est possible. Je ne connaissais pas cette légende.

– Les filles, remettez cette tente d'aplomb pendant que Thomas s'occupe de Palouse, ordonna Meg. Je vais préparer le petit-déjeuner. Il ne faut pas traîner si on veut être de retour ce soir.

– Vos désirs sont des ordres, Megarâleuse, chantonna Rachel. Mais on pourrait peut-être s'habiller d'abord ?

Meg baissa les yeux vers ses chaussettes et son vieux pyjama informe. Ses longs cheveux bruns, d'habitude attachés en queue de cheval, étaient dénoués. Elle rougit.

– Euh… bonne idée.

Remontant son pantalon à deux mains, elle se détourna pour cacher son embarras.

– Rendez-vous au feu dans dix minutes.

– Jordan pourrait me donner un coup de main ? demanda Thomas. Elle me doit une faveur.

Le visage de Jordan s'illumina ; les autres filles lui jetèrent des regards jaloux.

À cet instant, Becky et Alison arrivèrent en courant, suivies par Jesse.

– Thomas ! s'écria Alison. Où étais-tu passé ?

– On est vraiment contentes de te voir ! s'enthousiasma Becky en l'embrassant. Je te présente notre ami Jesse.

Les deux garçons se serrèrent la main.

– Il a surgi comme un preux chevalier pour secourir Jordan… commença Meg.

Puis elle se souvint qu'elle était toujours en pyjama et partit en courant joyeusement vers sa tente.

– Il faut que je m'habille !

Maintenant que Thomas était là, le reste n'avait plus d'importance !

Jalousies

Meg prépara un petit-déjeuner rapide : thé, œufs brouillés, bacon et pain frit.

– Oh là là, tout ce gras, grommela Rachel.

– Tu n'as pas intérêt à te plaindre, l'avertit Didi. N'oublie pas la menace de Meg : celle qui n'aime pas le repas cuisine pour tout le monde !

Tout en mâchant une tartine croustillante, Rachel rétorqua :

– Je ne me plains pas.

– Ne t'inquiète pas, lui lança Jesse. Tu dépenseras toutes ces calories à cheval. Mangez ! On n'aura pas le temps de cuisiner pendant la montée.

Il s'était réveillé plus tôt que les autres pour reconduire les chevaux dans la prairie.

Jordan, qui grignotait du bout des dents, n'avait pas terminé son déjeuner que ses camarades se levaient déjà. Elle déposa ses œufs brouillés sur une tranche de pain qu'elle replia en deux pour faire un sandwich.

Elle fait de son mieux, pensa Meg. Les autres sont injustes avec elle.

– Préparez-vous ! ordonna-t-elle. On laisse le matériel de camping ici puisqu'on revient ce soir. Emportez juste votre déjeuner, votre trousse d'urgence, beaucoup d'eau et des chaussettes de rechange. Aujourd'hui, on voyage léger. On grimpe au sommet !

Les cinq filles se ruèrent vers leur tente pendant que Jesse rassemblait les chevaux.

Une fois qu'ils se furent éloignés, Alison lança :

– Où étiez-vous donc, Thomas Horne ? Tout le monde vous attendait au ranch des Mustangs.

Thomas leva les yeux de sa deuxième assiette d'œufs brouillés, posée en équilibre sur un genou.

Curieuse d'entendre sa réponse, Meg interrompit le nettoyage des casseroles.

– Vous avez entendu les loups, cette nuit, dit-il. Je suivais les mêmes chevaux sauvages qu'eux, une petite harde qui a eu quatre poulains au printemps. Ils en ont déjà tué un.

– Les loups ont mangé un poulain ? s'exclama Becky. Quelle horreur !

Thomas avala une gorgée de café.

– En s'attaquant aux animaux faibles ou malades, ils maintiennent l'équilibre naturel. Mais depuis qu'ils sont protégés, ils prolifèrent dans le parc national et l'équilibre est rompu.

Il marqua une nouvelle pause avant d'ajouter :

– J'aimerais sauver cette harde. Il y a un magnifique étalon et deux jolies juments.

– Ça n'explique pas pourquoi tu les suivais au lieu de nous aider, insista Alison. Heureusement que Jesse a pu se libérer. Quel garçon merveilleux !

Elle ne supporte pas que nos petites randonneuses soient tombées sous le charme de Thomas, pensa Meg. Sacrée Alison !

– Je ne savais pas qu'on m'attendait si tôt, expliqua Thomas. Je ne l'ai compris qu'hier en trouvant le mot que Meg m'avait laissé au ranch. De toute façon, je vous aurais croisées, les chevaux sauvages allaient dans la même direction que vous.

Becky lui resservit du café.

– On a rencontré deux cavaliers persuadés que tu les suivais. Le premier montait un cheval bai brun et l'autre un paint. D'après Jesse, ils campent en contrebas.

Thomas hocha la tête.

– Je les ai aperçus sur la piste. Je ne les connais pas.

– Ils ne sont pas d'ici, c'est sûr. On se demandait si c'étaient des braconniers.

– Possible. Il y a des gens prêts à payer très cher une tête de mouflon ou de grizzly. Ça s'achète au marché noir.

– En venant, on a rencontré un homme qui travaille pour une compagnie pétrolière. Il nous a dit qu'elle voulait installer un nouvel oléoduc, ajouta Meg.

– Ce qui va encore augmenter la pression sur les chevaux sauvages. J'aimerais bien diriger la harde que je poursuis vers le ranch de mon grand-père, à Rocky Mountain House. Elle y serait en sécurité pour un moment.

Le visage de Thomas s'était animé. Meg savait qu'il pensait au refuge qu'il rêvait de construire pour les animaux sauvages.

– Eh bien, vas-y, lança Alison avec un petit sourire sarcastique. On n'a pas besoin de toi, on a Jesse.

Thomas se leva et serra les mains de Meg en lui donnant son assiette.

– Je vous accompagnerai aujourd'hui. Les chevaux sauvages n'iront pas très loin en une journée. Ensuite, si vous n'avez pas besoin de moi, je repartirai à leur recherche.

Meg sentit sa gorge se serrer.

– Je… euh… j'espérais que tu resterais, bredouilla-t-elle.

– Ça me fait plaisir de le savoir.

Et il s'éloigna en souriant pour aider Jesse.

Meg posa l'assiette de Thomas et foudroya Alison du regard.

– Tu n'étais pas obligée de lui dire ça !

Alison haussa les épaules.

– Pourquoi pas ? C'est la vérité, non ?

Becky leva les yeux au ciel et soupira :

– Moi qui étais si contente que nous nous retrouvions. Tu sais, Alison, tu prétends avoir changé, mais parfois j'ai l'impression de faire un bond de trois ans en arrière et de retrouver la fille égoïste que tu étais alors.

Vingt minutes plus tard, les dix cavaliers étaient sur la piste. Une fois la prairie traversée, le terrain devint très raide et rocailleux, comme l'avait annoncé Jesse. Toute la matinée, ils montèrent à une allure soutenue.

Thomas fermait la marche derrière Jordan, qui avait insisté pour se remettre en selle sur Rocco. Mais le cheval gris n'en faisait à nouveau qu'à sa tête.

– Il faut que tu retiennes son attention, lui expliqua Thomas. À la prochaine halte, je te montrerai quelques trucs.

Jordan se retourna sur sa selle avec un grand sourire :

– Formidable, merci.

Dans l'après-midi, ils s'installèrent pour déjeuner au bord du torrent qui dévalait de la montagne. Pendant que Jesse, Meg, Becky et Alison faisaient boire les chevaux, Thomas emmena Jordan et Rocco un peu plus bas pour qu'ils ne soient pas dérangés.

Dépitées, les quatre autres filles les regardèrent s'éloigner.

– Pourquoi je n'ai pas droit à une leçon particulière avec Thomas, moi ? soupira Didi.

– Parce que Jordan est la chouchoute de Meg, déclara Rachel.

– Et si on jouait un bon tour à Meg et à Thomas ? s'écria Courtney, les yeux brillant derrière ses lunettes. On va les séparer. On dira à Meg que Jordan s'est perdue et que Thomas est parti à sa recherche. Et on l'enverra dans une mauvaise direction.

– Bonne idée ! Ça lui apprendra ! approuva Rachel en applaudissant.

– Il n'en est pas question, intervint Cam. On doit atteindre le cheval de pierre et revenir au camp avant la nuit.

– On a largement le temps, rétorqua Courtney. Il n'est même pas trois heures.

– Décidez-vous. La voilà, murmura Didi, en désignant Meg qui arrivait sur Cody.

– Bon, c'est d'accord, se résigna Cam.

– Eh bien, les filles, où est Thomas ? s'étonna Meg en s'approchant.

Rachel regarda au loin.

– Ta petite chouchoute s'est perdue. Et ton grand chouchou est parti à sa recherche.

Meg refoula sa colère et demanda calmement :

– Dans quelle direction ?

Rachel tendit le doigt, à l'opposé de la piste et du torrent.

– Quelque part par là. Hein, les filles ?

Les autres hochèrent la tête.

– Bien. Dites à Jesse que je vais les chercher. Ne nous attendez pas. Nous vous rattraperons.

Becky en danger

Pendant ce temps, Rocco prenait une leçon de bonnes manières.

– Ne le laisse pas te donner des coups de tête pendant que tu sangles sa selle, ordonna Thomas.

– Même les chevaux ne me respectent pas, constata tristement Jordan. Je rêvais d'en posséder un, mais je crois que je ne serais pas capable de m'en occuper.

– Bien sûr que si, la rassura Thomas. Mets ta main comme ça. Empêche-le de bouger.

Jordan se mordit la lèvre.

– Il est plus fort que moi… Je ne peux pas l'empêcher de me dominer s'il en a envie.

– Ce n'est pas une question de force, mais de détermination. Fais ce que je t'ai dit, tu verras.

Elle attrapa la sous-ventrière et, lorsque Rocco balança la tête dans sa direction, leva la main vers lui.

– Tu vois ? Quand il comprend que tu ne plaisantes pas, il arrête.

– C'est vrai, dit-elle d'un air réjoui.

– Petit à petit, tu y arriveras. Bon, il est temps de rejoindre les autres. Ils doivent être prêts à partir.

Lorsqu'ils s'intégrèrent au groupe, Thomas demanda aux filles :

– Où est Meg ?

Didi ouvrit de grands yeux innocents :

– Elle n'était pas avec toi ?

– Elle est partie te chercher, il y a dix minutes, dit Rachel.

– Par là… fit Courtney en désignant la montagne.

– Tu es sûre ? s'étonna Thomas.

D'un bond qui laissa les quatre filles éberluées, il sauta en selle.

– Je vais la chercher.

– Je peux venir avec toi ? le supplia Jordan, que le visage hostile de ses quatre compagnes effrayait.

– Bien sûr.

Elle parvint à se hisser seule sur Rocco et à lui commander de suivre Palouse. Cette fois, le cheval gris semblait comprendre qui était le chef. Au lieu de regimber et de zigzaguer, il lui obéit poliment. Jordan était aux anges.

Becky jeta un coup d'œil à sa montre et se tourna vers Jesse :

– Est-ce qu'on part quand même ?

– Démarrons doucement. Avec un peu de chance, ils nous rattraperont vite.

Alison se positionna derrière lui ; Becky reprit sa place derrière les filles.

Vingt minutes plus tard, la piste se rétrécit et longea le pied d'une falaise.

– Ça ne se passe pas comme on l'avait prévu, chuchota Didi à Rachel. Jordan et Meg ont Thomas pour elles toutes seules !

– Je ne vois pas ce que Thomas trouve à Jordan, bougonna Courtney. Pourquoi est-ce qu'il l'a emmenée avec lui ?

– Vous devriez plutôt vous demander pourquoi on leur a joué cette blague idiote, soupira Cam.

Soudain, Rachel tira sur les rênes de Shane.

– Vous avez entendu ?

Un grondement envahissait la montagne.

Elles levèrent les yeux. Le bruit semblait provenir de tous les côtés à la fois. La terre se mit à trembler.

– Au galop ! hurla Becky. Une coulée de boue !

En tête de file, Alison et Jesse se penchèrent sur l'encolure de leurs chevaux et s'élancèrent. Les filles les suivirent.

Le grondement devint assourdissant. Les arbres, en se cassant, claquaient comme des coups de feu. Au-dessus des cavaliers, un mur de roches et de boue s'était détaché de la falaise, entraînant tout sur son passage.

Becky la vit foncer droit sur eux. Alertée par son instinct, Ombre s'envola sur la piste étroite ; elle savait, comme sa cavalière, que seule la vitesse les sauverait.

Becky jeta un coup d'œil à Jesse et Alison et comprit qu'ils avaient dépassé la coulée, Jesse sautait déjà à terre pour aider les quatre filles à s'abriter. L'odeur de la boue lui remplit le nez. La coulée se rapprochait dangereusement. Paniquée, elle tourna la tête : le mur allait l'engloutir.

– Plus vite, Ombre ! supplia-t-elle.

La petite mustang fournit un ultime effort pour redoubler de vitesse, mais la boue emprisonnait déjà ses sabots arrière. Poussant un hennissement terrible, qui traduisait à la fois sa terreur et sa colère, elle réussit à se libérer d'une ruade.

L'avalanche continua à dévaler la pente dans un bruit de tonnerre. Couchée sur l'encolure argentée de sa jument, Becky ravala des sanglots de soulagement. Quand elle leva les yeux, elle comprit aux visages effrayés de ses compagnons qu'elle l'avait échappé belle.

Tremblant de la tête aux pieds, elle se laissa glisser de sa selle.

– Merci, murmura-t-elle à Ombre. Bravo.

Puis elle sentit les bras d'Alison entourer ses épaules.

– Tu m'as fait une de ces peurs ! J'ai cru que tu allais disparaître dans cette horrible boue.

– Ombre m'a sauvé la vie, balbutia Becky.

Pourvu que Meg, Jordan et Thomas soient sains et saufs eux aussi, pensa-t-elle, sans oser se retourner sur le paysage dévasté.

Elle ne remarqua pas que Jesse s'était effondré sur le sol en se tenant la jambe gauche.

Jesse est blessé

Plaqués au sol, Meg, Thomas et Jordan attendaient que la terre cesse de trembler. Les chevaux hennissaient de terreur.

Lorsque le rugissement se tut enfin, Meg se redressa. Thomas avait jeté un bras sur elle et l'autre sur Jordan pour les protéger.

– Ça va ? demanda-t-il doucement à Meg.

– Oui, ça va.

– Qu'est-ce qu'il s'est passé ? murmura Jordan.

Thomas tendit le bras vers la vallée.

– Une coulée de boue. À cause des fortes pluies, la terre est saturée d'eau. Elle a simplement glissé.

Meg suivit du regard l'endroit qu'il désignait et, horrifiée, constata qu'il n'y avait plus de piste, rien qu'une pente dévastée.

– Et les autres ? s'affola-t-elle. Ils étaient sur le parcours de la coulée !

Jordan fondit en larmes.

De ses yeux perçants, Thomas scrutait la coulée de boue. Au-dessous d'un cratère peu profond, un enchevêtrement d'arbres et de roches formait un barrage.

Il perçut un mouvement.

– Regarde ! s'écria-t-il en saisissant Meg par le bras pour la relever. Là-bas !

D'abord, Meg ne vit rien, puis elle distingua une tache violette.

– Je vois la polaire d'Alison.

– ... cinq, six, sept, compta Thomas. Ils sont tous là. Ils ont l'air sains et saufs.

Meg s'affaissa sur le sol. Elle se sentait soudain privée de forces. Elle leva les yeux vers Thomas :

– Ils doivent s'inquiéter pour nous.

– Il faudrait attirer leur attention.

– On pourrait peut-être crier, suggéra Jordan en séchant ses larmes.

Et ils se mirent à hurler à pleins poumons et à sauter en l'air.

– Je ne comprends pas ce qu'ils disent, mais je les vois bouger là-haut ! s'écria Becky. Ils n'ont rien !

– Pas comme nous, marmonna Alison entre ses dents. Viens voir.

Elle était agenouillée près de Jesse, qui se tenait toujours la jambe et grimaçait de douleur. Des gouttes de sueur ruisselaient sur son visage blême.

– Je me suis déchiré un ligament. En descendant de cheval, j'ai glissé dans la boue.

– Jesse voulait éloigner mon cheval de la coulée, sanglota Didi. Cloudy avait trop peur, il ne voulait plus bouger.

D'une voix hystérique, Rachel cria :

– Jesse nous a sauvées !

Tout en caressant l'encolure de Spencer, Cam dit avec des tremblements dans la voix :

– Alors on ne peut plus atteindre le sommet maintenant ?

– Non, répondit Becky, la gorge serrée. La coulée de boue nous bloque le passage.

– De toute façon, il faut secourir Jesse avant tout, lança Alison en foudroyant Cam du regard.

Quelqu'un doit prendre les choses en main, pensa Becky. Jesse souffre, Alison ne voit que lui et les filles sont encore sous le choc. Cam est pâle comme un fantôme, Rachel hystérique, Courtney complètement tétanisée et Didi claque des dents.

Becky consulta sa montre. Trois heures et demie. Ils n'atteindraient pas Terre Brûlée avant la nuit, car contourner la coulée de boue leur prendrait du temps.

De gros nuages noirs, à l'ouest, annonçaient l'arrivée d'un orage. S'il pleuvait, d'autres glissements de terrain risquaient de se produire.

Elle aurait bien aimé que Meg soit là pour l'aider à prendre une décision. Tout en se rapprochant de Jesse, elle tâcha de se remémorer les gestes de premier secours.

– D'abord, il faut surélever la jambe, souffla-t-elle. Si on avait de la glace…

Jesse essaya de sourire.

– Oublie la glace. La seule chose qui compte, c'est de savoir comment je vais remonter à cheval.

– Tu es fou ? s'écria Alison, qui empilait des cirés les uns sur les autres pour lui soutenir la jambe. Regarde-toi, tu es livide et couvert de sueur ! Tu as peut-être des lésions internes.

– C'est juste un ligament déchiré, dit-il avec une grimace de douleur. Rien de très grave…

– Rien de très grave ? Tu plaisantes ! s'exclama Alison.

Becky, que sa vie au ranch avait rendue familière de ce type de blessure, la rassura :

– Ne t'inquiète pas, Alison, Jesse se remettra très vite.

Mais si la blessure de Jesse n'était pas grave, elle savait que ce type de douleur, intense et persistant, pouvait plonger le blessé en état de choc.

– Repose-toi un moment, conseilla-t-elle à Jesse. Ensuite, on t'aidera à remonter sur Tailor. Si on avance doucement, tu devrais être capable de tenir en selle.

Elle tira Alison par le bras.

– Allez, mademoiselle l'infirmière, arrête de pleurnicher et aide-moi à ramasser du bois sec. Vous aussi, les filles. On va préparer un feu et faire chauffer de l'eau.

Ils avaient besoin d'une boisson chaude pour se réconforter avant de repartir.

Les filles obéirent sans rechigner après quelques coups d'œil inquiets à Jesse.

– Si seulement tu n'avais pas eu l'idée de jouer cette sale blague à Meg, souffla Didi en se tournant vers Courtney.

– Ne remue pas le couteau dans la plaie, murmura cette dernière. Je me sens assez coupable comme ça.

Thomas pointa le doigt vers la montagne des Mustangs, enveloppée de nuages sombres.

– Il faudra passer par le sommet pour redescendre, annonça-t-il à Meg et Jordan.

– On ne peut pas rejoindre les autres en contournant la coulée ? demanda Meg.

Elle n'avait aucune envie de poursuivre l'ascension. Il était déjà tard et la pluie menaçait.

– Non, ce serait trop dangereux pour les chevaux. La piste qu'on suivait a été coupée et les autres sont beaucoup trop raides. Ne t'inquiète pas. Nous camperons là-haut. Et demain, nous redescendrons au ranch par l'autre versant.

– Tu dis ça comme si la montagne n'était pas un obstacle.

Thomas hocha la tête.

– Tu auras la même impression quand tu vivras ici, Meg. Tu appartiens à cette nature, comme moi, comme les aigles et les chevaux sauvages. Tu le sais.

Il lui prit la main.

Jordan toussota.

– On devrait y aller, non ? proposa-t-elle. Rocco commence à s'impatienter.

Meg s'aperçut que, l'espace d'une minute, elle avait oublié Jordan. Quand elle plongeait son regard dans les yeux noirs de Thomas, elle oubliait le reste du monde.

– Tu as raison, Jordan. Tu veux monter Cody, pour changer ?

– Non. Rocco m'écoute maintenant. Thomas m'a montré quelques trucs.

Meg parut sceptique :

– Si tu le dis… Mais ça ne sera pas facile. La montée est très raide.

– Je passerai devant, proposa Thomas, et toi, derrière Jordan. Elle se débrouille très bien.

– Bon, soupira Meg.

Jordan n'avait pas fait beaucoup de progrès, mais en voyant son expression déterminée lorsqu'elle se mit en selle sur Rocco, elle comprit qu'il était inutile d'insister. Elle se demanda, avec amertume, ce qui avait poussé les filles à l'envoyer dans la mauvaise direction, à la recherche de Jordan et Thomas. La jalousie ? Le résultat était catastrophique.

Penchés sur l'encolure de leurs chevaux, ils commencèrent à gravir la montagne. Bientôt, ils dépassèrent les derniers arbres. Plus rien ne poussait au-delà, à part un peu de mousse, quelques lichens et des touffes d'herbes sèches.

Meg s'étonna de voir une pyramide de crottin en bordure de la piste.

– Thomas ! Des chevaux sauvages ? Si haut ?

– Quelle piste suit-on à ton avis ? La leur. J'espère qu'on trouvera un abri où passer la nuit de l'autre côté.

Passer la nuit ? Tout est resté à Terre Brûlée, pensa-t-elle. On n'a ni tente, ni duvets, ni provisions.

Enfin au sommet

Quelques heures plus tard, Thomas, Meg et Jordan gravissaient toujours la piste abrupte. Épuisés, les poils collés par la sueur, Rocco et Cody trébuchaient sur les pierres. Palouse, en revanche, semblait toujours aussi frais.

– On devrait peut-être s'arrêter pour laisser les chevaux se reposer, suggéra Meg.

Thomas se retourna sur sa selle.

– S'il le faut absolument, arrêtons-nous. Mais le sommet est très proche.

– Non, on continue, protesta Jordan. Je ne suis pas fatiguée.

« Elle essaye d'impressionner Thomas, pensa Meg, sa gentillesse l'a transformée. »

Il leur fallut encore une demi-heure pour atteindre le sommet. Là, une vue époustouflante s'offrit à leurs yeux : des alignements de pics enneigés se succédaient jusqu'à l'horizon, vers le soleil couchant.

Un vent frais leur fouettait le visage, et les nuages noirs étaient si bas qu'ils avaient l'impression de pouvoir les toucher. Une petite bruine commençait à tomber.

– On a réussi ! s'écria Jordan. On est au sommet de la montagne des Mustangs ! Où est la grotte de la tête du cheval de pierre ?

– Derrière ce promontoire, dit Thomas.

– Tu crois vraiment qu'il y a du jade à l'intérieur ?

– Non. La plupart des gisements se trouvent beaucoup plus à l'ouest.

– On ne pourrait pas aller voir quand même ? On est si près…

Elle se mordit la lèvre et ajouta :

– Les autres arrêteraient peut-être de me traiter comme une nullité si je rapportais le trophée.

– Qu'est-ce que tu en penses, Meg ?

– Il faut d'abord trouver un endroit abrité pour la nuit.

– Mais on pourrait dormir dans la grotte !

– Impossible, dit Thomas. Il n'y a pas de place pour les chevaux, et pas d'eau non plus. Désolé.

Déçue, Jordan scruta la tête du cheval de pierre pendant qu'ils la contournaient. Ils empruntèrent un sentier très raide qui descendait du sommet en zigzags serrés.

– Ne regarde pas le vide, Jordan, conseilla Meg.

Soudain Rocco, qui détestait les virages en épingle à cheveux, s'arrêta brusquement.

– Allez, Rocco ! cria Jordan en plantant les talons dans ses flancs.

– Descends de ta selle pour le conduire à la main au bas de ces lacets, lui conseilla Meg. Et tiens la bride très près de sa bouche...

Jordan obéit mais au lieu de se laisser guider par sa cavalière, Rocco coupa tout droit et l'entraîna derrière lui. Elle perdit l'équilibre et dévala la pente sur le dos en hurlant.

Meg retint son souffle, redoutant de la voir se briser la nuque sur les rochers.

Thomas plaça aussitôt son cheval en travers, saisit les rênes que Jordan avait lâchées et stoppa Rocco dans son élan.

Jordan atterrit aux pieds de Palouse.

– Je voulais le guider et il s'est échappé ! explosa-t-elle en retirant son casque pour essuyer la boue qui maculait son visage.

– Tu t'es fait mal ? s'inquiéta Meg en les rejoignant.

– Non !

Soulagée, Meg comprit qu'elle était simplement choquée. Et très en colère contre Rocco.

Thomas essayait de calmer le cheval énervé.

– La prochaine fois, dit-il, maintiens sa tête plus près de toi. Ne lui laisse pas la possibilité de s'en aller. S'il insiste, alors lâche-le complètement.

– Il n'y aura pas de prochaine fois ! déclara Meg. À partir de maintenant, Jordan, tu montes sur Cody. Et tu ne discutes pas ! Le moment n'est pas idéal pour une leçon d'équitation.

Les yeux de Jordan lançaient des éclairs.

– Je croyais que tu étais mon amie, mais tu refuses que je monte Rocco et que je prouve aux filles que j'en suis capable !

Elle lança un regard désespéré à Thomas.

– Tu auras d'autres occasions de monter Rocco, promit-il. Pour l'instant, tu seras plus en sécurité sur Cody.

Meg devinait qu'il aurait aimé récompenser Jordan de son courage en la laissant sur Rocco. Le visage impassible, il l'aida cependant à se mettre en selle sur Cody et à ajuster les étrivières.

Après les virages en épingle à cheveux, la piste s'enfonça dans un bosquet de pins rabougris, abrités du vent et des intempéries par un affleurement rocheux. Un filet d'eau coulait sur la paroi, suffisant pour désaltérer les chevaux assoiffés.

Avec un soupir de soulagement, Meg se laissa glisser de sa selle. Elle ne sentait plus ses genoux.

Thomas s'avança vers elle, une couverture en laine sous le bras.

– Cette nuit, tu la partageras avec Jordan. Je prépare le feu.

– Thomas... je suis désolée. Mais après la séparation du groupe, la coulée de boue et la chute de Jordan, je n'ai pas envie qu'il arrive un autre accident. Cette randonnée est déjà assez catastrophique comme ça !

Il hocha la tête en lui tendant la couverture :

– Je vais chercher du bois.

La gorge de Meg se serra. Si Jordan n'avait pas été là, c'est avec lui qu'elle aurait partagé la couverture !

Plus bas, sur l'autre versant de la montagne, Alison, Becky, Jesse et les filles se retrouvèrent face à un mur de branches, de troncs et de rochers qui marquait la fin de la coulée.

Il était sept heures et demie du soir, l'air fraîchissait.

– Impossible de franchir ce tas de débris, constata Alison.

– Mais si on ne retourne pas à Terre Brûlée, on n'aura rien à manger, se lamenta Rachel.

– On sera obligées de dormir par terre, ajouta Courtney.

Becky se tourna vers Jesse :

– Qu'est-ce que tu en penses ?

Le visage blême, il avait chevauché jusque-là en serrant les dents.

– Je meurs d'envie de descendre de cheval, mais il vaut mieux contourner ce barrage. On a encore quelques heures de jour devant nous.

Le trésor de Jordan

Deux heures plus tard, constatant que la nuit commençait à tomber, Becky prit une décision :

– On n'atteindra pas Terre Brûlée ce soir. On va camper ici.

Les quatre filles la regardèrent bouche bée.

– Ici ? protesta Courtney.

– Il y a de l'eau pour les chevaux.

– Ce qui veut dire qu'on dormira dans un marécage ! s'indigna Rachel.

– De toute façon, quelle importance puisqu'on revient sans trophée ? grommela Cam.

– Oh, arrête avec ton trophée ! répliqua Didi. On est perdues en pleine nature et on n'a plus rien à manger, à part trois tablettes de chocolat, du fromage et des crackers.

– Tu as du chocolat ? s'exclamèrent les trois autres en se précipitant sur sa sacoche de selle.

– Stop !!! cria Alison. Pas touche ! Nos provisions doivent durer jusqu'à ce qu'on rejoigne le camp. On ne trouvera peut-être pas de meilleur endroit avant la nuit. Alors arrêtez de gémir !

Becky sourit. Trois ans plus tôt, sa citadine de cousine aurait été la première à se plaindre. Les trois étés successifs passés au ranch des Mustangs l'avaient transformée.

– Avant tout, vous dessellez vos chevaux et vous les amenez ici. Je vais installer une corde pour les attacher, ordonna Becky.

– Si on dort ici, on aura froid, s'inquiéta Didi.

– On utilisera les tapis de selle en guise de couvertures.

Becky détacha de sa selle une corde qu'elle tendit entre deux arbres.

Alison aida Jesse à descendre de Tailor et maintint la tête du cheval pour prévenir tout mouvement brusque.

– Il faut préparer un feu tant qu'on y voit clair, dit Jesse en sautillant sur une jambe. Les loups pourraient revenir.

Pendant que Becky et les filles cherchaient du bois sec, Alison glissa doucement la selle sous la cuisse de Jesse de façon à soulager la douleur, et lui offrit sa veste polaire violette en guise d'oreiller.

– Qui aurait pensé qu'on se retrouverait ? lui murmura-t-elle. Tu te rends compte que ça fait exactement trois ans qu'on s'est rencontrés ? Et dans des circonstances analogues ?

Jesse poussa un grognement étouffé.

Elle alla chercher une bouteille d'eau, puis revint s'asseoir près de lui.

– Tu crois que c'est notre destin ?

– J'espère bien que non ! s'exclama Jesse en roulant sur le côté. J'attends autre chose du destin que de me blesser et de dormir dehors dans le froid chaque fois que je te vois.

– Ce n'est pas ce que je voulais dire ! s'étrangla Alison. Tu ne crois pas qu'on est faits l'un pour l'autre ?

Jesse tendit la main pour lui tapoter la tête d'un geste amical.

– Je t'aime beaucoup, Alison, tu es une gamine géniale, mais... je suis trop vieux pour toi et je préférerais que tu ne parles pas de ça.

– OK, soupira-t-elle. Je vais te préparer une boisson chaude.

Elle se releva, en essayant de ne pas se laisser ébranler par ce qu'elle venait d'entendre. Il avait six ans de plus qu'elle, d'accord, et alors ? Chuck aussi était plus âgé qu'elle.

Soudain, elle ressentit une pointe de culpabilité. Depuis qu'elle avait quitté le ranch, elle avait effacé Chuck de sa mémoire. Elle l'oublia de nouveau dès qu'elle regarda Jesse.

Tandis que l'obscurité enveloppait l'autre versant de la montagne des Mustangs, Thomas, Meg et Jordan s'installaient pour la nuit.

Blottis l'un contre l'autre devant le feu, ils regardèrent le ciel virer du violet au noir.

– Jordan dort déjà, dit doucement Thomas.

– C'est une gamine courageuse. Elle ne s'est pas plainte de n'avoir qu'une poignée de cacahuètes et de raisins secs pour le dîner.

Contemplant le profil de Thomas éclairé par le feu, elle ajouta :

– On devrait peut-être essayer de dormir, nous aussi.

– Repose-toi. Moi, je veille encore un peu.
– Alors je reste avec toi, murmura Meg.
– Si tu veux, dit-il en posant la main sur la sienne. Mais pas un bruit. J'ai l'impression que les chevaux sauvages ne sont pas loin. Je veux les entendre.
Meg soupira et s'appuya contre lui. Ce sera toujours comme ça, pensa-t-elle.
Sans s'en apercevoir, elle ferma les yeux et s'endormit contre son épaule.
Après l'avoir allongée doucement à côté de Jordan, Thomas la recouvrit avec la couverture.
Puis il raviva le feu et s'éclipsa dans les ténèbres. Un loup hurlait au loin.

Meg fut réveillée par un chœur de hurlements. Elle se redressa en frissonnant.
– Thomas…
Un loup hurla de nouveau.
– Jordan ! Réveille-toi !
Il n'y avait plus personne.
Meg était seule près du feu qui mourait.

Elle rejeta la couverture et s'empara de sa lampe torche. Où étaient-ils partis ?

Brusquement, elle se rappela la déception de Jordan de ne pas pouvoir visiter la grotte. Y était-elle montée seule ? Thomas l'avait-il accompagnée ?

– Pas question de rester au milieu d'une bande de loups, grommela-t-elle.

Des nuages masquaient la lune. Elle serait obligée d'escalader la tête du cheval de pierre à la lumière de sa lampe torche.

Dans le bosquet d'arbres, là où Thomas les avait attachés, les chevaux s'agitaient. Elle alla les voir, et ne trouva que Cody et Rocco. Palouse avait disparu.

– Ils sont partis tous les deux sur Palouse ? demanda-t-elle, en caressant la crinière de Cody.

Elle aurait volontiers sauté sur son dos, à cru, pour les poursuivre. Mais elle ne pouvait pas laisser Rocco seul avec les loups. Ensemble, ils seraient plus en sécurité.

Elle remonta les virages en épingle à cheveux à la lueur de sa lampe. À mi-chemin, elle faillit marcher sur un tas de crottin frais qu'elle vit au dernier moment.

– Les chevaux sauvages viennent de passer !

En examinant les empreintes des sabots, elle comprit qu'ils se dirigeaient vers la vallée.

Le tas de crottin ne se trouvait pas là quand ils étaient descendus, Thomas l'aurait remarqué. Les chevaux se trouvaient probablement plus bas.

Pas étonnant que les loups se rassemblent.

Arrivée au sommet, elle promena le rayon de sa lampe autour de l'amas de roches formant la tête du cheval de pierre.

Elle perçut du bruit sur sa gauche.

– Thomas ! Thomas ! Tu es là ?

La voix de Jordan lui répondit :

– Meg ! Vite ! Viens m'aider !

Meg contourna un surplomb rocheux en prenant soin de ne pas regarder le vide.

Elle trouva l'entrée de la grotte, braqua sa lampe vers l'intérieur et découvrit Jordan, accroupie par terre, qui serrait une énorme pierre entre ses bras.

– J'ai trouvé du jade, mais je n'arrive pas à le soulever. Il est trop lourd !

Meg éclaira le rocher vert pâle.

– Il est beau, hein ?

– Tu es folle d'être montée ici en pleine nuit. Où est Thomas ?

– Aucune idée. Il était déjà parti quand je me suis réveillée.

– Quoi ? Tu es venue toute seule ?

– Oui, pour prendre le trophée. Comme ça, les autres arrêteront de dire que je suis nulle.

– D'accord, mais tu ne peux pas rapporter ce morceau de jade. Il est beaucoup trop lourd.

– On pourrait le faire rouler jusqu'en bas de la montagne.

Meg saisit le visage de Jordan entre ses mains.

– Non, on risquerait de déclencher une avalanche et de blesser quelqu'un.

Le hurlement sinistre d'un loup s'éleva. Suivi d'un autre. Puis d'un autre encore.

– Il faut redescendre, vite ! ordonna Meg. Les loups doivent chasser les chevaux sauvages. Viens !

– Non. Je reste ici. Je n'abandonne pas mon trophée !

– Si tu viens avec moi, je demanderai à Thomas de t'aider à le rapporter au ranch.

– Bon, d'accord. Mais promets-moi qu'on reviendra.

– Promis. Allons-y.

Meg savait qu'elle ne tiendrait pas sa promesse, mais elle devait à tout prix faire sortir Jordan de la grotte. Elle lui prit la main, l'entraîna dehors et elles dévalèrent le sentier en zigzags jusqu'au camp. Thomas n'y était toujours pas. Les hurlements des loups semblaient beaucoup plus proches.

– Qu'est-ce qu'on fait ? demanda Jordan.

– On prend les chevaux pour essayer de retrouver Thomas. On sera plus en sécurité à cheval.

Elle coinça sa lampe dans la fourche d'une branche de pin, à proximité de Cody et Rocco.

– Tu sais monter à cru ?

– Je... je n'ai jamais essayé, bredouilla Jordan.

– Il vaut mieux seller Cody alors.

Cette fois, Jordan accepta sans discuter de monter le cheval de Meg.

Elles le sellèrent et le bridèrent rapidement, puis Meg hissa Jordan sur le dos de Cody avant de sauter sur Rocco.

Les hurlements des loups se rapprochaient.

– Vite ! Suis-moi et, quoi qu'il arrive, ne t'éloigne pas de moi.

L'attaque des loups

Le cri des loups se répercutait d'un versant à l'autre de la montagne.

– Je n'arrive pas à dormir, ces hurlements sont terrifiants… murmura Rachel.

– Même sans eux, je ne pourrais pas dormir, renchérit Courtney. Le tapis de selle est trop court. Mes pieds sont gelés.

– J'ai une racine entre les omoplates, pleurnicha Didi.

– Change de place, la rabroua Cam.

Becky, qui les écoutait, se demanda pourquoi ses parents rêvaient de diriger un centre équestre.

Elle redoutait la journée du lendemain. Le ranch était encore loin. La blessure de Jesse les ralentissait. S'ils n'étaient pas rentrés à l'heure du dîner, ses parents seraient obligés de signaler l'absence des cinq filles. Et ce serait la fin du centre équestre.

– Écoutez ! dit Rachel en se redressant sur un coude. Les loups se sont tus.

– Ils vont attaquer, murmura Becky.

Pourvu que Meg, Jordan et Thomas ne se trouvent pas à proximité !

Meg et Jordan se rapprochaient justement des loups. Elles pénétraient dans un petit bois de pins très dense, s'éclairant de leurs lampes torches.

Les hurlements s'élevaient maintenant de tous côtés. Elles étaient encerclées.

Les chevaux hennirent. Paniqué, Rocco tenta d'échapper au contrôle de Meg pour foncer entre les arbres.

À cet instant, une main jaillit des ténèbres et saisit sa bride.

– Saute à terre et éteins ta lampe, chuchota Thomas d'une voix rauque. L'étalon sauvage est tout près. Il croit que tu le menaces ; il a abandonné ses juments et ses poulains pour t'affronter. Descends toi aussi, Jordan. Reste derrière Cody. Il se sentira moins en danger s'il ne distingue que des chevaux.

Meg obéit aussitôt et se cacha derrière Rocco. Jordan fit de même, derrière Cody.

– Je ne vois pas l'étalon, murmura-t-elle.

– Il nous voit, lui, répondit Thomas. Normalement, il devrait se préoccuper des loups, mais il pense qu'on est plus dangereux qu'eux.

Meg se rendit compte que les hurlements venaient de cesser.

– Les loups sont partis ?

– Non. Ils se préparent à l'attaque.

Soudain, le silence fut déchiré par une explosion de grondements, de claquements de dents et de hennissements.

Thomas alluma sa lampe.

– Restez où vous êtes !

D'un bond il sauta sur le dos de Palouse et disparut.

– Qu'est-ce qui se passe ? cria Jordan.

– Monte à cheval. Vite !

Meg sauta sur Rocco. Couchée sur son encolure pour le calmer, elle l'obligea à avancer. Il frissonnait, s'ébrouait, hésitait. Elle savait pourquoi. Les chevaux détestent l'odeur de la mort.

Brusquement, un silence profond succéda aux bruits de lutte. Meg alluma sa lampe et vit Thomas, penché sur le corps d'un cheval à terre.

Une main sur les yeux pour se protéger de la lumière, il lança :

– Ne vous approchez pas !

– Les loups ont tué un cheval ? s'inquiéta Jordan, en promenant le rayon de sa torche autour d'elle.

– Oui, répondit Thomas. L'étalon a essayé d'éloigner ses juments, mais celle-ci avait un jeune poulain ; elle est restée pour le protéger, les loups l'ont attrapée.

D'une voix tremblante, Meg demanda :

– Qu'est-ce qu'on va faire ?

– Il n'y a rien à faire. Dès qu'on partira, les loups reviendront. Ils ont faim. Pour eux, cette jument représente plusieurs repas.

– Et son poulain ?

– Les loups l'ont peut-être eu, lui aussi.

– Non ! s'écria Jordan. Il est là !

Le faisceau lumineux de sa lampe se reflétait sur la robe sombre d'un poulain, à peine visible dans les broussailles. Jordan lui avait déjà jeté les bras autour du cou et caressait sa crinière hérissée.

– Il n'a pas plus de quelques semaines, constata Thomas. Trop jeune pour survivre sans sa mère.

– On pourrait le nourrir au biberon, suggéra Meg.

– Oui, à condition d'avoir du lait. Si on veut le sauver, il faut le ramener le plus vite possible au ranch.

Un éclat de jade

Thomas déposa délicatement le poulain en travers du garrot de Palouse.

– Combien de temps pourra-t-il tenir sans manger ? demanda Meg.

– Tout dépend s'il a été nourri récemment, répondit Thomas en caressant le cou duveteux du petit cheval sauvage.

– Ça ne lui fait pas mal d'être étalé comme ça sur Palouse ? s'inquiéta Jordan.

– Non. C'est la meilleure façon de transporter les poulains, la rassura Thomas. Dès qu'on avancera, il se calmera.

Les trois cavaliers traversèrent le bois pour regagner leur campement de fortune.

– Il faut compter une dizaine d'heures jusqu'au ranch. Heureusement, c'est plus rapide par là que par Terre Brûlée. En partant à l'aube, on arrivera en fin d'après-midi, si rien ne nous retarde.

Dès qu'ils atteignirent leur abri, Jordan sauta de sa selle et courut aider Thomas à descendre le poulain et à le remettre sur ses jambes flageolantes.

– Il faudrait lui donner un nom, dit Thomas.

Jordan toucha le nez velouté du bébé.

– Un nom? Il sera de quelle couleur, à ton avis?

– Peut-être rouan bleu, comme sa mère.

À la pensée de celle-ci gisant dans les bois, entourée de loups, ils restèrent un instant silencieux. Meg frissonna.

– On y réfléchira demain matin. Jordan, veille sur lui pendant qu'on ramasse du bois.

Quelques minutes plus tard, les chevaux étaient attachés, le feu flambait et Jordan dormait, les bras noués autour du cou du poulain.

Meg et Thomas étaient seuls. Elle lui raconta la découverte du jade dans la grotte.

– J'ai promis à Jordan qu'on te montrerait la pierre qu'elle a trouvée. Mais si on doit partir à l'aube…

Thomas serra Meg contre lui et l'embrassa doucement sur le front.

– Elle oubliera peut-être le jade maintenant qu'elle a un autre sujet de préoccupation.

Meg ne dit rien. Thomas n'avait pas vu les yeux de Jordan quand elle tenait cette pierre.

Après avoir enveloppé Meg dans la couverture, Thomas attacha les chevaux. Puis il raviva le feu. Il avait décidé de rester éveillé afin de l'entretenir et de garder les loups à l'écart.

Dès les premières lueurs du jour, Thomas cessa de guetter le moindre bruit. Il laissa retomber sa tête et ferma les yeux.

Soudain, un souffle contre son oreille le réveilla en sursaut.

– Palouse ! Qu'est-ce que tu veux ?

Le feu s'était éteint ; les braises fumaient.

À travers l'écran de fumée blanche, Thomas aperçut une mince silhouette, grelottant dans le froid, qui l'observait.

– Jordan !

D'un mouvement fluide, il s'étira et se releva.

– Je sais qu'il faut partir à cause du poulain. Mais je voudrais que tu montes avec moi jusqu'au cheval de pierre récupérer mon trophée. Meg t'en a parlé ?

– Oui. Tu sais, c'est peut-être juste une pierre verte. Comme je te l'ai dit, les gisements de jade se situent plus à l'ouest. Et puis que fais-tu du poulain ? On ne peut pas l'emmener là-haut.

– Meg est là, elle s'en occupera, lâcha Jordan. On n'en a pas pour longtemps.

Thomas regarda sa montre. Il était à peine plus de cinq heures, il n'avait dormi que quelques minutes.

– On va le lui demander.

– Non ! Ne la réveille pas ! Elle refusera. Viens avec moi.

Il jeta un coup d'œil à Meg et au poulain, paisiblement endormis.

– D'accord. Mais on se dépêche.

Il plongea la main dans sa sacoche de selle pour y prendre le petit marteau dont il ne se séparait jamais. Puis, le front appuyé contre celui de Palouse, il dit à voix basse :

– Veille sur Meg et le poulain pendant notre absence.

Il s'élança sur le sentier en lacets. Jordan le suivit sans se plaindre. Une fois devant la grotte, cependant, elle se laissa tomber par terre, hors d'haleine.

– Elle... est... là...

Éclairée par les premiers rayons de soleil, la pierre paraissait diffuser sa propre lumière.

– Wouah ! souffla Thomas.

Il pénétra en rampant dans la grotte, donna un léger coup de marteau sur le bloc vert pâle et appela Jordan :

– Approche. Tu vois ces fissures blanches que j'ai faites avec le marteau ? Elles prouvent que cette pierre est bien du jade. Aide-moi à la rouler jusqu'à l'entrée de la grotte.

– Alors on peut la rapporter au camp ?

Thomas commença à pousser le rocher avec son épaule. Jordan l'aida de son mieux. Et, lentement, la grosse pierre roula jusqu'à l'entrée de la grotte.

Thomas abattit le marteau de toutes ses forces à deux reprises sur une des pointes du rocher. Un gros éclat se détacha.

– Je l'ai ! cria Jordan.

Elle revint en courant vers Thomas, les yeux brillants.

– Merci. C'est un trophée magnifique. Quand les autres le verront ! Regarde, Thomas !

– Je l'admirerai plus tard, promit-il. Pour l'instant, il faut partir.

Debout sur l'étroite plateforme, il observait l'amas des rochers formant le cheval de pierre, au-dessus de leurs têtes.

– Je n'aime pas beaucoup leur aspect. Les glissements de terrain ont pu le déstabiliser.

Ils redescendirent rapidement le sentier en lacets.

Lorsqu'ils regagnèrent le camp, le poulain, dressé sur ses jambes, battait l'air du bout de sa queue sous le regard attentif de Palouse.

Encore à moitié endormie, Meg se redressa et se frotta les yeux.

– Où étiez-vous passés ?

Un large sourire sur son visage, Jordan s'avança vers Meg.

– Je l'ai ! J'ai le trophée ! Thomas a cassé un morceau du gros rocher avec son marteau...

– C'est du jade ? s'étonna Meg en prenant la pierre verte que Jordan lui tendait.

– Le plus pur, répondit Thomas.

– Je... je ne pensais pas que tu irais, bafouilla Meg. Je croyais que tu voulais partir de bonne heure.

Thomas regarda sa montre :

– Il n'est que six heures, dit-il en ébouriffant les cheveux de Jordan. J'en connais qui se sont réveillées aux aurores.

Meg rendit le jade à Jordan, se leva et s'étira. Elle se sentait un peu raide d'avoir dormi à même le sol.

– Il fallait que j'essaie, dit Jordan, les yeux étincelants. Attends un peu que Rachel et les autres voient ce trophée !

– Range-le dans ta sacoche, ordonna Thomas. On selle les chevaux et on s'en va. Le poulain a besoin d'être nourri.

– Nous aussi... même si on n'a que du chocolat et des barres énergétiques.

– Ça va, sourit Jordan. Je n'ai pas besoin de déjeuner maintenant que j'ai le trophée.

Elle s'éloigna à grands pas pour ranger son trésor dans la sacoche de selle de Cody.

– Tu ne pouvais pas la rendre plus heureuse, murmura Meg à Thomas pendant qu'ils sellaient les chevaux en grignotant une barre de céréales et un carré de chocolat.

– C'est une gamine sympa.

Puis, couchant le poulain en travers du garrot de Palouse, il chuchota :

– Merci d'avoir veillé sur le camp. On rentre au ranch et vite, il faut sauver le poulain.

Une intuition

De l'autre côté de la montagne, Becky ouvrit brusquement les yeux.

Un sentiment d'effroi venait de la tirer d'un sommeil profond.

Tout d'abord, elle ne se rappela pas où elle était. Puis le hennissement d'un cheval la ramena à la réalité.

Quatre randonneuses misérables, un cow-boy blessé et sa cousine Alison comptaient sur elle pour regagner le ranch. Becky aurait bien aimé continuer à dormir mais elle avait l'intuition que s'ils ne se remettaient pas tout de suite en route, il se produirait une catastrophe. Elle redoutait aussi le moment où Rachel, Courtney, Didi et Cam découvriraient que leur petit-déjeuner se réduisait à un carré de chocolat et une poignée de raisins secs.

Elle enfila ses bottes et secoua Alison.

– Il faut partir, murmura-t-elle. Comment va Jesse ?

Alison se redressa sur un coude et regarda le cow-boy assoupi. Son visage, habituellement bronzé, avait viré au gris.

– Il n'a presque pas dormi. Il souffrait. Je lui ai donné des antalgiques à trois heures du matin.

– Leur effet dure combien de temps ?

– Environ quatre heures. On ne pourrait pas le laisser dormir encore un peu ?

Becky passa une main dans ses cheveux emmêlés et essaya de refouler un mouvement de colère. Sa cousine ne comprenait-elle donc pas qu'ils devaient se dépêcher ?

– Tu as intérêt à le réveiller, Alison, dit-elle en détachant chaque mot. Je préviens les filles. Il faut partir. Tout de suite !

– OK, OK, pas la peine de t'énerver.

Becky tourna les talons, se dirigea vers les filles couchées de l'autre côté du foyer éteint et jeta un coup d'œil au sommet de la montagne des Mustangs. Le soleil du matin éclairait le cheval de pierre dont la crinière paraissait en feu. Meg, Thomas et Jordan se trouvaient quelque part sur l'autre versant. Elle se demanda comment ils avaient passé la nuit, et s'ils redescendaient déjà vers le ranch.

– Meg n'est pas seule au moins, Thomas est avec elle, soupira-t-elle.

Elle aurait bien aimé que Rob soit là pour l'aider. Il aurait sûrement eu l'art et la manière de diriger ces quatre filles.

– Debout ! C'est l'heure ! cria-t-elle.

Un chœur de lamentations ne tarda pas à s'élever devant la maigreur des portions que Becky leur distribua.

– C'est tout ? protesta Didi.

– Mon estomac a gargouillé toute la nuit, soupira Courtney.

– Je n'ai jamais eu aussi faim de ma vie ! gémit Rachel en avalant son carré de chocolat.

– Si on le croque par petits bouts, ça dure plus longtemps, dit Cam.

Rachel explosa :

– Tu m'agaces ! Si tu ne le finis pas tout de suite, je te l'arrache de la bouche !

– Ça suffit ! ordonna Becky. Écoutez-moi. Nos rations de survie doivent durer au moins une journée, peut-être deux. Alors, je ne veux plus entendre une seule plainte au sujet de la nourriture. Compris ?

– On trouvera peut-être des baies… commença Rachel.

– Trop tôt dans la saison, rétorqua Becky. C'est pour ça que les animaux ont faim. Vous avez entendu les loups, cette nuit ?

Les quatre filles hochèrent la tête d'un air misérable.

– Bon, on y va. Restez groupées et veillez les unes sur les autres. On rentre au ranch.

En observant les visages malheureux qui lui faisaient face, elle comprit que ce n'était pas gagné. Soudain, elle se rappela un conseil de Rob : « Donne-leur une tâche à accomplir au lieu de les laisser se plaindre. »

Elle se tourna vers Rachel.

– Je te charge de la distribution des rations. Elles sont dans ma sacoche de selle. À partir de maintenant, tu décides qui mange quoi.

– D'accord. Je vais voir ce qui reste.

Puis Becky se tourna vers Courtney et lui tendit sa boussole.

– Courtney ! Tu montes en tête et tu t'assures qu'on ne tourne pas en rond. On aura certainement du mal à traverser ces broussailles.

– Bien sûr.

– Cam ! Tu veilles sur les chevaux. Guette la moindre blessure, le moindre signe de stress. Sans eux, on ne pourra pas rentrer au ranch.

Cam lui adressa un de ses rares sourires et hocha la tête :

– Entendu.

Didi fut chargée de remplir les bouteilles d'eau et de rappeler à ses camarades de boire régulièrement. Becky sortit un flacon de sa sacoche de selle et le lui lança :

– Voilà des tablettes pour purifier l'eau. On pourrait en avoir besoin avant la fin de la journée.

Didi sauta sur ses pieds et attrapa le flacon au vol.

– Ne t'inquiète pas. Tout le monde boira et personne ne s'empoisonnera !

– Parfait.

Becky retourna près d'Alison et Jesse, qui était maintenant réveillé.

– Alison, ta seule mission est de surveiller Jesse et de lui faire suivre le mouvement, quitte à l'attacher sur son cheval.

– Bien parlé, Becky, marmonna Jesse pendant que les deux filles l'aidaient à se mettre en selle. Mais tu sais, ça m'étonnerait qu'on arrive avant la nuit.

Tandis que les deux groupes chevauchaient chacun sur un versant de la montagne des Mustangs, le cheval de pierre trembla sur sa base et des rochers dégringolèrent du sommet.

Palouse partit soudain au galop. Thomas le retint.

– Doucement, mon vieux ! Pourquoi es-tu si pressé, tout d'un coup ?

Rocco, lui, donnait des coups de tête nerveux.

– Mais qu'est-ce qu'ils ont ? demanda Meg. Rocco ne tient pas en place.

Thomas sauta à terre et recula d'un pas pour observer son cheval. Les oreilles couchées, la queue collée à l'arrière-train, le grand appaloosa transpirait abondamment.

– Palouse a peur.

Jordan les rattrapa, rouge d'excitation :
– Super ce petit galop ! On s'arrête ici ?
À cet instant, un grondement semblable à un roulement de tonnerre retentit.
Ils levèrent les yeux. Le sommet de la montagne était bizarrement incliné.
– Attention ! cria Thomas. Il va tomber !
Paniqué, Palouse s'élança. Le poulain qu'il portait glissa sur le côté et tomba dans les bras de Thomas.
Rocco se cabra et voulut le suivre. Meg s'accrocha aux rênes de toutes ses forces.
Sur Cody, Jordan ouvrait de grands yeux. Il était trop tard pour s'abriter. Le sol tremblait. Ils virent avec horreur le sommet se détacher de la montagne, puis disparaître.
Meg poussa un cri.
– Il s'écroule sur le versant est ! Sur Becky, Alison et les autres !

Perdues

Des pierres rebondirent autour des randonneurs qui s'étaient couchés sur le sol en s'entourant la tête de leurs bras.

Lorsque le grondement cessa, Becky se redressa lentement et leva les yeux vers la montagne des Mustangs. Elle prit une profonde inspiration pour calmer ses tremblements et déclara :

– Le cheval de pierre a été décapité.

– Tu veux dire que la grotte a disparu ? s'exclama Cam.

– Oui. La coulée de boue a dû ébranler la base du cheval.

– Alors je ne saurai jamais si la légende disait vrai, s'il y avait réellement du jade dans la grotte, se lamenta Cam.

– Tu penses encore au jade alors qu'on vient de frôler la mort ? s'offusqua Becky.

Jesse se releva en se tenant au tronc d'un petit peuplier.

– On a eu une sacrée chance ! Tout le monde va bien ? Et les chevaux ?

– Je vais voir, dit Cam.

Dès qu'ils avaient entendu le grondement, ils avaient sauté à terre et laissé les chevaux partir.

Quelques minutes plus tard, elle revint, le visage livide.

– On n'a plus de chevaux !

– Comment ça ? hoqueta Alison.

– Ils ont disparu.

Cam inspira à fond, s'attendant à un déluge d'accusations furieuses.

– Je sais, je suis nulle. J'aurais dû les surveiller.

– Mais non, tu n'es pas nulle, la rassura Rachel. Personne ne pouvait prévoir que la montagne allait s'écrouler.

– C'est vrai, renchérit Didi, le visage grave. Les chevaux devaient être terrifiés.

– En tout cas, moi, je l'étais, avoua Courtney.

– Elles ont raison, Cam. Tu n'y es pour rien, dit Jesse en grimaçant de douleur. Les chevaux détectent avant les humains l'imminence d'une catastrophe naturelle.

Le visage de Cam s'éclaira.

– Maintenant, il faut les retrouver. Si ma jambe ne me faisait pas autant souffrir...

– On est dans une belle galère, hein ? dit Becky qui tremblait toujours.

– Plutôt, ma petite dame, grimaça Jesse. Ça fait une trotte à pied, jusqu'au ranch.

Becky contempla autour d'elle la forêt jonchée de rochers et d'arbres brisés.

– Ça va être difficile de repérer la trace des chevaux, le sol est dévasté.

– Laissez-moi un peu de nourriture et de bois pour le feu, et partez devant. Je vous ralentirais trop. Dès que vous aurez retrouvé les chevaux ou rencontré de l'aide, revenez me chercher.

– Hors de question qu'on t'abandonne ! protesta Becky.

– Tu as une meilleure idée ? répliqua Alison, les mains sur les hanches. Emmène les filles. Je reste avec Jesse.

Au ranch des Mustangs, Chuck et ses élèves interrompirent leur leçon d'équitation dès que la montagne commença à gronder. Stupéfaits, ils virent le cheval de pierre se détacher du sommet et dévaler la face ouest.

Laurie et Dan Sandersen sortirent en courant de la maison.

– Quel dommage, s'écria Laurie. J'aimais tant ce cheval de pierre ! Les filles le comparaient à un mustang au galop.

– Le groupe de Becky ne se trouve pas dans le coin ? s'inquiéta Dan.

– Oh non, je ne pense pas. Jesse m'a donné le plan de leur circuit. Ils devaient y monter hier. Ce matin, ils redescendent de Terre Brûlée, sur l'autre versant.

– J'espère que tu as raison, grommela Dan.

Laurie lui tapota le bras.

– Ne t'inquiète pas. Jesse et Becky sont des jeunes adultes raisonnables. Jamais ils ne feraient courir de risques à nos randonneuses. Ils seront là ce soir, avec plein d'histoires passionnantes à nous raconter.

Deux heures plus tard, Becky et les quatre filles erraient toujours dans la forêt. Les pins poussaient si serrés qu'ils ne laissaient filtrer qu'une lumière ténue.

Pas un souffle de vent n'agitait les branches. Le sol mou et bourbeux était jonché de branches mortes.

Ce terrain, très mauvais pour les chevaux, était épuisant pour des marcheurs. Becky se laissa tomber sur une souche.

– Je n'ai pas la moindre idée de la direction qu'on a prise.

– Sud-ouest, annonça Courtney. Et on ne tourne pas en rond. J'ai vérifié.

– C'est déjà ça, soupira Becky en repoussant ses cheveux en arrière. Mais on avance comme des tortues.

– Et on n'a presque plus de provisions, dit Rachel.

– Ni d'eau, ajouta Didi en tendant la main à Becky pour l'aider à se relever. Allez, on continue. On trouvera peut-être un torrent, ou une source un peu plus loin.

– Si on ne rentre pas au ranch, je m'en fiche, marmonna Cam qui, la tête entre les mains, s'était assise par terre à l'écart des autres.

– Qu'est-ce que tu veux dire ? s'étonna Becky.

– Je me fiche pas mal qu'on rentre au ranch, répéta-t-elle, l'air désespérée. Je voulais rapporter un trophée du cheval de pierre pour prouver à mon père que j'étais capable d'accomplir un exploit. Mais puisqu'on revient les mains vides…

Un grand silence accueillit ses paroles. Rachel poussa un gros soupir.

– C'est pour ça que tu es venue dans ce centre équestre, Cam ? demanda-t-elle. Tu t'es dit qu'en montant à cheval en pleine nature, tu pourrais prouver à ta famille que tu as du cran, que tu es capable de vivre à la dure ? Eh bien regarde autour de toi... on est en plein dedans ! On est mortes de fatigue, perdues, assoiffées, affamées. Si on s'en sort, ce sera un miracle. Ce n'est pas assez dur, ça ?

– De toute façon, ajouta Didi, on s'en fiche de ce que pense ton père. Toi, tu sais ce que tu vaux, et nous aussi. Tu n'as jamais flanché. Tu as autant de cran que n'importe laquelle d'entre nous.

– Elles ont raison, déclara Becky. Je suis aussi fière de vous que si vous rapportiez le plus gros morceau de jade jamais découvert.

Cam redressa les épaules.

– D'accord, je veux bien vous croire, dit-elle en esquissant un sourire. Mon père peut penser ce qu'il veut, je m'en moque. Et on se fiche pas mal qu'il soit ministre.

– Allez, en route, ordonna Becky.

Elles se mirent en marche, Courtney en tête, la boussole à la main.

Dix minutes plus tard, Courtney trébucha, tomba à plat ventre et laissa échapper la boussole, qui disparut dans la mousse. Quand elle releva la tête, son regard fut attiré par une zone dénudée.

– Regardez, là-bas !

Les autres s'allongèrent à leur tour.

– La clairière ! cria Becky. Elle nous mènera droit au ranch !

Un grand sourire éclaira le visage de Cam.

– On va enfin voir où on met les pieds !

– Nous n'avons même plus besoin de marcher, murmura Didi. Regardez !

Deux cavaliers approchaient, à la tête d'une file de chevaux.

– Les braconniers ! Avec nos chevaux ! s'écria Becky.

– Des braconniers ? souffla Rachel.

– Peut-être, je vous expliquerai plus tard, murmura-t-elle en se rappelant que les filles n'avaient jamais vu Bruce et son compère.

Mais, pour l'instant, elle était bien décidée à récupérer les chevaux.

– Arrêtez-vous ! cria-t-elle en courant à leur rencontre. Ce sont nos montures !

L'homme monté sur le paint la regarda bouche bée.

– Ça alors ! Que vous est-il arrivé ?

– Nos chevaux se sont emballés quand le sommet de la montagne s'est effondré. Depuis on les cherche. La première de la file, c'est ma jument, Ombre. Elle porte une marque du Wyoming...

– Je vous crois. Bruce et moi, nous les avons reconnus. On se demandait où vous étiez passés, on se doutait que vous aviez eu des ennuis.

– Ah bon ?

– Bien sûr, dit le deuxième homme. On a découvert les chevaux autour de notre campement, il y a environ deux heures. Où est votre ami, le grand cow-boy ?

Becky indiqua vaguement une direction. Elle ne voulait pas avouer qu'elles étaient seules.

– Là-bas.

Mais Didi claironna :

– Jesse s'est tordu la jambe. On l'a laissé près de la coulée de boue. Il ne peut pas marcher.

– Et l'autre monitrice est restée avec lui, ajouta Courtney.

– C'est sa petite amie, précisa Cam.

– Vous braconnez quoi ? questionna Rachel en s'approchant de Bruce.

Becky avala sa salive. Bruce la dévisageait d'un drôle d'air.

– Qu'est-ce que tu racontes ?

Rachel fronça les sourcils.

– Becky a dit que vous étiez des braconniers…

L'autre homme éclata de rire.

– Nous ? Des braconniers ? Et, naturellement, vous pensez qu'on utilise ces fusils pour chasser illégalement.

Droit sur sa selle, Bruce restait silencieux. Il fixait Becky, qui sentit ses genoux flancher.

– Ça ne nous regarde pas, lança-t-elle bravement. On veut juste nos chevaux.

Une aide inattendue

– Jetez donc un coup d'œil à l'intérieur de nos sacoches, dit lentement Bruce. Ça devrait vous intéresser.

– Non... merci, articula Becky avec peine.

– Si, si, j'insiste.

Les filles demeurèrent muettes. Becky avança d'un pas.

Bruce plongea la main dans sa sacoche et en sortit un petit sachet qui contenait un tube de plastique.

– Qu'est-ce que c'est?

– De l'ADN de grizzly, répondit l'ami de Bruce. On en prélève des échantillons sur les ours afin d'établir leurs liens de parenté. De cette façon, on peut se faire une idée de leurs habitudes de reproduction et de la taille de leur territoire. On utilise aussi des colliers émetteurs; pour les attacher, on endort d'abord les ours en leur envoyant une fléchette de tranquillisant.

Et il ajouta, en posant la main sur le fusil pendu à son épaule :

– Avec ça.

– Vous tirez sur les ours ! s'écria Didi. Mais c'est monstrueux !

– Ils ne sentent rien. Et l'effet est de courte durée, précisa Bruce.

Son compagnon sourit :

– Vous voyez, nous ne sommes pas des braconniers. Nous sommes des scientifiques.

– Et... euh... vous n'auriez pas quelque chose à manger ? l'implora Rachel. On est affamées.

– Pas de problème, dit-il en sautant à terre. Je m'appelle Gord. Je vais vous donner de quoi vous nourrir avant de vous remettre sur le bon chemin.

Becky osait à peine y croire. Elles avaient retrouvé leurs chevaux ; elles seraient bientôt rassasiées et en route pour le ranch. C'était presque trop beau pour être vrai.

Le poulain gisait, les yeux fermés, sur le garrot de Palouse.

– Comment va-t-il ? s'inquiéta Meg en talonnant Rocco pour se placer à la hauteur de Thomas.

– Pas fort. Il n'a rien mangé depuis trop longtemps. Je ne sais pas s'il s'en remettra. On est encore à plusieurs heures du ranch.

– Est-ce que je la préviens ? demanda-t-elle en se tournant vers Jordan, qui semblait de plus en plus à l'aise sur Cody.

Thomas secoua la tête et caressa le poil soyeux du poulain.

– Non, pas encore. Pauvre petit poulain. Il aurait mieux valu le laisser avec sa mère, hier soir. Au moins, il serait mort plus vite. Je devrais pourtant savoir qu'il ne faut jamais contrarier la nature.

– Ne dis pas ça ! Sa mère a donné sa vie pour le sauver. Elle l'a incité à se cacher dans les broussailles, c'est ce qu'il a fait. Il faut en tenir compte.

– Sans doute. Mais je regrette qu'on ne se soit pas mis en route plus tôt. On a perdu une heure pour aller chercher le trophée de Jordan. Or une heure peut suffire pour qu'il bascule de la vie à la mort.

Assises sur des souches, en bordure de la clairière, Becky et les filles dévoraient des sandwichs.

– Ouf, ça va mieux, soupira Rachel. J'imagine que le trophée te tracasse moins, maintenant ? lança-t-elle en se tournant vers Cam.

– Oui, tu as raison. Je n'y pense plus. Je suis tellement contente qu'on ait surmonté toutes ces difficultés ensemble, répondit Cam en souriant.

Soudain, on aurait dit qu'un poids lui avait été retiré des épaules.

Elle est rayonnante, pensa Becky.

– Si vous pouvez vous démunir de quelques provisions supplémentaires, dit-elle à Bruce, j'aimerais en apporter à Jesse et Alison. Ils doivent mourir de faim.

– Nous en avons plus qu'il ne nous en faut ! Si vous voulez, nous pouvons nous charger de les ravitailler et de leur ramener leurs chevaux, proposa Bruce en montrant Tailor et Lucky.

– Bonne idée, approuva Gord. Dépêchez-vous de rentrer au ranch, toutes les cinq. Excusez-moi de vous le dire, mais vous avez l'air complètement épuisées.

– C'est d'accord, répondit Becky après une hésitation. Allez secourir Jesse et Alison. Je ramène les filles directement au ranch. Mais j'aimerais d'abord savoir pourquoi vous ne nous avez pas dit que vous étiez des scientifiques quand on s'est rencontrés à Terre Brûlée...

Bruce haussa les épaules.

– Les chercheurs sont des cachottiers. Ils n'aiment pas parler de leurs travaux, au cas où quelqu'un essaierait de leur piquer une idée.

– Ou déciderait de se mettre en travers de leur chemin. Comme cet Indien qui nous suivait...

– Thomas ne vous suivait pas ! Il suivait des chevaux sauvages.

Gord eut l'air surpris :

– Thomas ? Vous voulez dire Thomas Horne ? On a entendu parler de lui. Il fait du bon boulot.

Avant de se mettre en selle, Becky et les filles échangèrent une poignée de main avec les deux hommes.

– Merci pour tout, lança Becky à Bruce.

Elle monta avec soulagement sur Ombre et caressa la crinière hirsute de la petite jument paint.

– Je t'ai presque pardonné de t'être sauvée. Mais ne recommence plus jamais ça !

Puis, fermant la marche derrière les quatre filles, elle cria :

– Dernière étape. On sera à la maison avant le dîner.

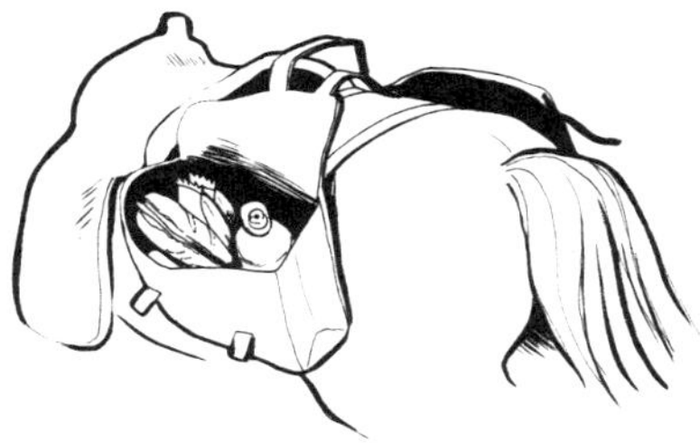

Alison essayait d'installer Jesse le plus confortablement possible.

– Tu ne crois pas que je devrais déchirer ton pantalon pour soulager ta jambe ?

– Pas question ! protesta Jesse. C'est mon jean préféré. Et ça ne servira à rien. Au contraire. En la comprimant, il l'empêche d'enfler. C'est la base des premiers secours.

– Tu te blesses souvent au rodéo ?

– Oui. Luxation de l'épaule, traumatisme du foie, côtes cassées. Il y a deux ans, je me suis déchiré le même ligament en enfourchant un cheval sauvage. J'ai été opéré. Cette fois, il se réparera tout seul. Et il faut qu'il guérisse vite. J'ai un championnat national en novembre.

– Mais pourquoi tu continues le rodéo si tu te blesses tout le temps ? s'étonna Alison. Et puis je croyais que tu étudiais la gestion des élevages équins, à l'université.

– Pour gagner de quoi m'acheter un ranch et des chevaux. Comment mettre en pratique ce que j'apprends, autrement ?

– Oh, je vois.

Jesse se rallongea en grimaçant de douleur.

– Tu comprends pourquoi je ne suis pas le petit ami idéal, Alison. Pas pendant les quatre ou cinq prochaines années, du moins. Ma vie dépend du rodéo. Je suis sur la route douze mois sur douze.

Il leva vers elle des yeux emplis de tristesse.

– Tu te souviens de Julie, la pilote d'hélicoptère ?

– Oui.

– Eh bien, elle m'a quitté à cause de ça. Comment lui en vouloir ?

Jesse avait peut-être raison. Il était trop vieux pour elle, songea Alison. Ses projets lui paraissaient étrangers. À seize ans, elle avait envie de s'amuser, d'aller à l'université.

– Je vais ranimer le feu et mettre de l'eau à chauffer, dit-elle. Rachel nous a laissé un peu de thé.

Au moment où elle se levait, Jesse l'attrapa par le pan de sa chemise et l'obligea à se rasseoir à côté de lui.

Elle sentit son cœur bondir dans sa poitrine. Avait-il changé d'avis ?

– Attends, murmura-t-il d'une voix rauque. Regarde… ce ne sont pas les deux types qu'on a croisés à Terre Brûlée ?

Alison se retourna.

– Oui ! Ce sont eux ! Avec nos chevaux. Qu'est-ce que ça signifie ?

Jesse s'efforça de rester calme.

– Je n'en sais rien. Laisse-moi leur parler.

Accidents

Meg avait oublié Jordan, le trophée de jade et le reste du groupe. Seul le poulain occupait ses pensées.

La descente n'en finissait pas. Ils chevauchaient depuis des heures sur une piste étroite. Comment Thomas pouvait-il être si sûr de la direction à suivre ? Il y avait tellement de sentiers qui s'enfonçaient dans des vallons moussus ou grimpaient vers les crêtes.

Finalement, ils croisèrent un chemin plus large, au sol noir et boueux, déjà foulé par de nombreux sabots.

– Le ranch n'est plus qu'à une demi-heure, annonça Thomas.

Couché sur le garrot de Palouse, le poulain était aussi inerte qu'un sac de grains. Meg devina, à l'expression inquiète de Thomas, que sa vie ne tenait qu'à un fil.

– Je ne veux pas aller plus vite pour éviter de le secouer, expliqua-t-il. Mais tu pourrais peut-être nous précéder avec Jordan.

– Bonne idée. Jordan ! Qu'est-ce que tu dirais de galoper avec moi ? Si on arrive au ranch avant Thomas, le poulain aura plus vite son biberon.

– Galoper ? s'écria Jordan, ravie. Super ! En avant, Cody !

Le grand cheval bai ne se fit pas prier ; il dépassa allègrement les deux autres chevaux.

Avec un dernier regard angoissé à Thomas, Meg talonna Rocco. Elle aurait préféré rester avec lui et le poulain ; mais elle ne pouvait pas laisser Jordan seule.

Becky et les quatre filles avaient progressé rapidement. Depuis qu'elles étaient sur la piste menant au ranch, leurs chevaux frémissaient d'impatience ; ils savaient que, là-bas, de l'eau, de l'avoine et un repos bien mérité les attendaient.

Lorsqu'ils atteignirent la colline où Jordan avait eu tant de mal à faire avancer Rocco, ils s'envolèrent littéralement.

– Wouahou ! hurla Cam. C'est super !

Becky leur cria de ralentir, mais elles s'amusaient trop pour l'écouter. Impuissante, elle les regarda dévaler la pente au triple galop et vit Rachel tenter de faire sauter Shane par-dessus un tronc d'arbre couché. Le cheval, qui avait les jambes trop courtes, heurta l'obstacle. Cam, Courtney et Didi qui la suivaient de près n'avaient aucune chance d'éviter la collision.

Shane tomba le premier. Flint, Spencer et Cloudy le percutèrent l'un après l'autre. Les cavalières volèrent dans les airs comme des poupées de chiffon.

Becky stoppa aussitôt Ombre. Un silence terrible précéda les premiers gémissements.

Meg et Jordan gravissaient cette même colline lorsqu'elles entendirent des hennissements et des cris.

– On dirait Rachel ! lança Jordan.
– Et Didi ! Vite, allons voir.
Elles découvrirent bientôt le désastre.
Becky était accroupie à côté de Courtney, couchée dans la mousse et la boue. Rachel se penchait sur Cam. Ni Didi ni les chevaux n'étaient visibles.
– Becky ! Qu'est-ce qu'il s'est passé ? cria Meg.
– Un accident ! répondit Rachel en montant vers elle, une main étreignant son bras replié. Je me suis fait mal à l'épaule.
Ses yeux bruns étaient écarquillés ; elle tremblait de frayeur.
Meg dévala la pente, dépassa Rachel et sauta à terre à côté de Becky. Courtney avait le visage couvert de sang. Ses lunettes cassées gisaient sur le sol.
– Les verres ont dû lui entailler un œil, dit Becky, la gorge serrée. Il ne faut pas la bouger, ni lui enlever son casque.
– Mais si, ça va, ça va, pas de panique, protesta Courtney.
– Meg, tu peux examiner les autres filles ? Je suis si contente que tu sois là…
Sa voix se brisa. Après avoir pris une profonde inspiration, elle reprit :
– Et Thomas ?

– Il va bien. Il ne va pas tarder. Où sont Jesse et Alison ?

– Ils sont restés en arrière... Jesse est blessé.

– Tu m'expliqueras plus tard ce qui s'est passé, décida Meg. Je vais examiner les filles. Viens, Jordan.

Cam était allongée sur le dos, ses cheveux blonds étalés autour d'elle, les yeux ouverts.

– J'ai mal au dos, murmura-t-elle.

– Ne bouge surtout pas ! Jordan va rester près de toi pendant que je pars à la recherche de Didi.

Jordan hocha la tête et saisit la main de Cam.

– Qu'est-ce que je peux faire ? demanda Rachel quand Meg passa devant elle en courant.

– Essaie de retrouver les chevaux.

Soudain, elle entendit la voix aiguë de Didi s'élever de sous un pin :

– Je suis ici ! Je crois que j'ai le poignet cassé.

Blottie au pied de l'arbre, la figure d'une blancheur de craie, elle serrait son bras droit contre sa poitrine.

– Est-ce que tu peux bouger les doigts ? demanda Meg.

Didi les déplia avec précaution.

– Oui.

– Ce n'est qu'une foulure, alors. Reste assise et respire à fond.

Elle retourna en courant vers Becky.

– Cam m'inquiète. Elle a mal au dos. Didi s'est simplement foulé le poignet. Comment va l'œil de Courtney ?

– Je crois qu'elle s'est juste coupé la joue et l'arcade sourcilière. Va chercher maman, Meg. Dis-lui qu'on a besoin d'une assistance médicale. Je vais voir Cam.

– N'envisage pas le pire, Becky, souffla Meg en lui étreignant l'épaule. Je me dépêche. Jordan restera avec vous.

Immédiatement, Jordan déclara en prenant la main de Courtney :

– Je veille sur elle.

L'espace d'une seconde, Meg s'émerveilla du changement de Jordan. Depuis qu'elle avait rencontré Thomas, elle avait gagné en assurance. Meg sauta sur Rocco. En quelques minutes, elle traversa le bois et arriva au portail du ranch. Dire qu'elles étaient si près du but ! Meg se faisait un sang d'encre à l'idée d'annoncer l'accident aux parents de Becky.

Mais elle n'eut pas le temps de s'inquiéter davantage. Laurie Sandersen courait déjà à sa rencontre.

– Les chevaux des filles sont revenus au galop, rênes pendantes. Que s'est-il passé ?

– Elles sont tombées juste avant d'arriver. Il y a des blessées.

– Heureusement que Jesse les accompagne. Il a de l'expérience.

Meg avala sa salive.

– Euh… non. D'après Becky, il est blessé lui aussi. Il se trouve toujours dans la montagne avec Alison, près de la coulée de boue.

Laurie serra les mains contre sa poitrine.

– Alors Becky est seule ?

Sans attendre la réponse de Meg, elle fit demi-tour et fila vers l'écurie en lançant des ordres par-dessus son épaule :

– Va chercher Claire ! Elle est secouriste. Dis-lui de prendre la trousse médicale dans le bureau et de me retrouver à l'écurie. Que Dan contacte la clinique par radio, au cas où on aurait besoin d'un hélicoptère. Sonne la cloche pour alerter tout le monde. Vite ! Dépêche-toi !

Meg se précipita sur la galerie et tira sur la corde de toutes ses forces. Quelques minutes plus tard, l'équipe de secours franchissait le portail.

Meg voulut les accompagner, mais Laurie l'en empêcha.

– On se débrouillera sans toi. Reste ici pour communiquer à la clinique les détails nécessaires sur les blessures des filles.

Ce n'est qu'en regardant les chevaux patauger dans le torrent que Meg se souvint du poulain. Thomas arriverait d'une seconde à l'autre. Elle fonça à la cuisine.

– Slim ! Il faut que tu m'aides ! Tu sais nourrir un poulain au biberon ?

Arrivé sur les lieux de l'accident, Thomas se laissa glisser de Palouse avec précaution pour ne pas perturber le poulain.

Becky, qui parlait doucement à Cam en lui caressant les cheveux, leva les yeux et s'écria :

– Thomas ! Tu ne peux pas savoir comme je suis contente de te voir ! Meg est partie chercher de l'aide. Tu veux bien t'occuper de Didi et Courtney en attendant les secours ? Il faut que je reste avec Cam. Elle a mal au dos.

– Bien sûr, murmura-t-il.

Il s'approcha de Courtney et Didi assises par terre, le dos contre un pin. Courtney pressait un bandana imbibé de sang sur son sourcil.

Thomas l'écarta délicatement :

– Est-ce que tu vois quelque chose ?

– Oui, oui. Mes lunettes se sont cassées quand j'ai heurté l'arbre, mais je vois normalement.

– Ça saignait drôlement ! s'exclama Didi. Oh ! Un bébé cheval ! Où tu l'as trouvé ?

– C'est un poulain sauvage. Sa mère a été tuée par les loups. Il est affamé. Dès que les secours arriveront, je le descendrai au ranch pour le nourrir. J'espère qu'il a encore la force de téter.

Jordan surgit alors des bois avec Rachel.

– On ne trouve pas les chevaux ! Ils ont tous disparu.

– Ne t'inquiète pas pour eux, ils ont certainement suivi leur instinct et seront rentrés au ranch, expliqua Thomas. Viens caresser le poulain, Jordan, explique-lui qu'il va bientôt avoir un bon repas.

– Mais il... ne comprend pas ce que je dis, bafouilla Jordan.

– Non, seulement une voix amie et le contact de ta main lui donneront du courage.

Beaucoup plus tard, dans l'écurie, Thomas secoua la tête d'un air incrédule :

– J'avais peur que notre petit ami soit trop faible pour téter, mais je me trompais !

Le poulain avalait goulûment le mélange spécial préparé par Slim. Il vida le biberon et poussa le bras de Meg pour en avoir davantage.

Assise sur le muret du box, Jordan le contemplait.

– On pourrait l'appeler Jade, proposa-t-elle. Qu'est-ce que vous en pensez ?

– Ce nom lui convient très bien, approuva Meg. Tu as montré ta pierre aux autres ?

– Non. Je crois qu'elles sont trop secouées pour s'y intéresser.

– On n'a pas eu à les évacuer par hélicoptère, c'est déjà ça. D'après Claire, Didi a juste un poignet foulé et Cam s'est déplacé le coccyx, mais elle n'a pas de fracture. Quant aux chevaux, ils s'en sont tirés sans une égratignure.

– Heureusement que, grâce à ces deux scientifiques, Alison et Jesse ont pu rentrer rapidement au ranch. D'ailleurs, la jambe de Jesse a l'air d'aller mieux depuis qu'on l'a enveloppée de glace.

À cet instant, la cloche sonna trois fois.

Meg se releva et s'étira.

– Venez. On a besoin de manger, nous aussi, comme Jade.

– Je peux rester avec lui ? supplia Jordan. Il risque d'avoir peur tout seul.

Meg lança un regard interrogateur à Thomas, qui déclara :

– On va le mettre dans le box d'Ombre. Ce sont tous les deux des mustangs. Ils se tiendront compagnie.

Il souleva le poulain dans ses bras et le porta dans sa nouvelle maison. Ombre passa la tête par-dessus la cloison et souffla doucement pour souhaiter la bienvenue au poulain qui, une fois sur ses jambes, tituba vers elle et lui toucha le nez.

– Tu vois ? Ils s'apprécient déjà. Viens, je meurs de faim.

– Non. Je veux rester, insista Jordan. Tu ne peux pas m'apporter un sandwich ?

Meg éclata de rire.

– Je sais ce qui te fait peur. Tu t'attends encore à un des horribles repas de Slim ! Rassure-toi, Ruby cuisine cent fois mieux que lui.

– Bon, d'accord, céda Jordan. Mais je reviendrai après le dîner. Je veux que Jade soit mon cheval. Il m'aime déjà.

Thomas fronça les sourcils.

– Jade ne sera pas toujours un adorable poulain que tu pourras serrer dans tes bras. Dans quelques mois, il se transformera en un jeune étalon exubérant qui refusera de t'obéir.

– Oh, fit Jordan, très déçue. Mais je l'aime, moi. Qu'est-ce qu'il va devenir ?

– Je pourrais l'emmener chez mon grand-père. Il a recueilli des chevaux sauvages.

– Ou Jade pourrait rester ici, suggéra Meg. Tu le reverras l'été prochain quand tu reviendras au camp.

Si le camp équestre du ranch des Mustangs existe encore l'année prochaine, pensa-t-elle en sortant de l'écurie. Pour l'instant, rien n'est moins sûr.

Le trophée

Lorsqu'elle pénétra dans la salle à manger avec Jordan, Meg s'aperçut que tous les regards étaient braqués sur la grande table du chalet des mouflons.

Laurie et Claire avaient déclaré les quatre filles assez bien portantes pour participer au dîner, et elles offraient un spectacle digne d'intérêt. Cam était juchée sur un énorme coussin ; Didi avait le bras en écharpe, Rachel une épaule immobilisée et Courtney pressait une poche de glace sur son arcade sourcilière enflée.

Dès qu'elles aperçurent Meg et Jordan, les quatre filles posèrent gravement les mains sur leur tête. Jordan courut s'asseoir et les imita.

– On t'a eue, Meg ! s'esclaffa Didi.

– C'est encore toi l'esclave ! claironna Courtney.

Toute la salle à manger explosa en rires et exclamations de joie.

– Je vois qu'il est inutile que je m'inquiète pour vous ! Croyez-moi, je me ferai un plaisir de servir mes quatre pauvres invalides affamées !

Elle fila vers la cuisine et revint rapidement avec un plateau chargé de spaghettis, de boulettes de viande et de salade verte.

Didi commença par se plaindre qu'il était difficile de manger avec une seule main et Cam par s'agiter sur son coussin sans pouvoir trouver de position confortable. Mais pendant les vingt minutes suivantes, plus personne ne prononça un mot. Meg alla leur chercher un deuxième plat de spaghettis qu'elles engloutirent avec autant d'appétit que le premier. Enfin, arriva une succulente tarte aux pommes.

À la fin du dîner, Laurie monta sur l'âtre surélevé de la grande cheminée.

– Avant le feu de camp de ce soir, je vous demande de fournir un effort particulier pour ranger vos chalets. Demain, c'est le jour des visites. Nous aimerions faire bonne impression.

Cam déclara tranquillement :

– Mes parents arrivent en hélicoptère.

Le ministre du Patrimoine et sa femme ne pouvaient pas choisir un pire moment ! pensa Meg.

Par-dessus le brouhaha, Laurie reprit :

– Les cavalières du chalet des mouflons reviennent d'une randonnée très éprouvante. Nous ne leur en voudrons pas si elles se sentent trop fatiguées pour assister au feu de camp.

– On n'ira pas, dit Rachel. On n'a même pas rapporté de trophée.

– Et maintenant, le cheval de pierre a disparu pour toujours, soupira Cam.

– De toute façon, je suis crevée, ajouta Courtney en pressant la glace contre son œil.

– Est-ce qu'on est obligées de ranger notre chalet ce soir ? s'inquiéta Didi. Je ne peux pas faire grand-chose avec mon bras en écharpe…

Jordan prit alors la parole :

– Je crois qu'on devrait aller au feu de camp. Mais d'abord venez avec moi au chalet. J'ai une surprise pour vous.

Une fois qu'elles furent rassemblées autour du lit de Jordan, Cam s'assit avec précaution sur l'oreiller puis Jordan écarta doucement la couverture et dévoila une pierre verte qui luisait sur le drap blanc.

Les yeux rivés sur le trophée, les filles restèrent pour une fois sans voix.

Didi finit par bafouiller :

– Où... tu... l'as trouvée ?

– Dans la grotte du cheval de pierre.

Cam tendit la main vers la pierre pour la toucher.

– C'est réellement du jade ?

– Oui. Thomas l'a testé avec son marteau.

– Wouah ! fit Rachel. Notre trophée de jade. Et plus personne ne pourra en rapporter un identique.

Meg se tenait debout derrière elles.

– Vous ne demandez pas à Jordan comment elle a réussi à se procurer cette pierre ?

– Raconte ! lança Rachel.

– Je suis montée à la grotte, la nuit dernière.

– Toute seule ? s'étonna Didi.

– Eh bien... Thomas essayait de sauver les chevaux sauvages des loups qui nous encerclaient, et Meg dormait. Elle n'aurait jamais accepté de me laisser y aller si je lui avais demandé, alors je suis partie en douce.

Lorsque Jordan acheva son récit, Rachel entoura ses épaules d'un bras.

– Je retire toutes les méchancetés que j'ai pu dire sur toi, s'excusa-t-elle. Tu n'es pas une mauviette. Tu es une héroïne !

Bientôt le crépuscule enveloppa la montagne des Mustangs. Thomas et Chuck allumèrent un grand feu dans le foyer qui avait été aménagé près de la maison. La pente naturelle du terrain offrait des sièges au public, et de gros rondins de bois installés autour d'une plate-forme de sable délimitaient la scène.

En guise de décor, Meg avait peint le cheval de pierre sur un drap.

– C'est magnifique, approuva Thomas en lui prenant la main.

– J'ai entendu dire que Chuck et toi vous nous aviez préparé une surprise. Tu peux me donner un indice ?

– Un seul : on a deux mystérieux visiteurs.

– Qui ? Dis-le-moi, Thomas !

Chuck les rejoignit.

– Ah, non ! Ça gâcherait tout. Et, surtout, pas un mot à Becky et Alison.

L'obscurité était désormais complète. Sur le sentier qui menait de la maison au feu de camp, les rayons des lampes torches approchaient en dansant. Meg vit son petit groupe d'éclopées prendre place au premier rang.

Alison arriva en courant :

– Chuck ! Il paraît que c'est toi le maître de cérémonie. Qu'est-ce que tu nous as mijoté ?

– Tu verras bien. Où est ton cow-boy ?

– Premièrement, ce n'est pas *mon* cow-boy, deuxièmement, il reste dans sa chambre pour se reposer.

– Dommage, fit Chuck en secouant la tête. Viens, Thomas, il faut qu'on se prépare pour le show.

Thomas serra la main de Meg avant de la lâcher.

– À tout à l'heure.

– Enfin un garçon romantique, soupira Alison. Dommage que Jesse n'assiste pas à cette soirée. Il ne veut même pas venir s'asseoir près du feu.

– Tu ne peux pas lui en vouloir.

Alison haussa les épaules avec impatience.

– Non. Le retour a été dur. Heureusement que Bruce et Gord nous ont aidés.

– Salut, les filles, lança Becky en les rejoignant. Je crois que c'est la fête du chalet des mouflons, ce soir. Jordan est là ? Je l'ai vue au ranch, tout à l'heure.

– Oui, oui, elle vient de s'asseoir devant, avec les autres.

– J'ai beau être contente pour Jordan, je regrette que ce ne soit pas Cam qui ait rapporté le trophée. C'était son idée, après tout. Quand je pense que ses parents arrivent demain alors qu'elle peut à peine marcher ! Pas vraiment la pub rêvée pour notre centre équestre.

Becky marqua une pause et ajouta avec un grand soupir :

– C'est peut-être notre dernier feu de camp au ranch des Mustangs.

Les trois amies demeurèrent silencieuses en songeant au lendemain jusqu'à ce qu'une guitare et des tambours éclatent soudain dans la nuit.

À notre avenir !

Éclairé par Thomas qui braquait sur lui un puissant projecteur, Chuck s'avança sur la scène et annonça :

– Bienvenue autour de notre feu de camp. Ce soir, nous allons entendre le récit palpitant de la première randonnée de l'année, accomplie par le chalet des mouflons ! Mais, d'abord… permettez-moi de vous présenter mon nouveau cheval : voici… Sally !

Sally pénétra dans le cercle de lumière. Sa tête s'ornait d'une longue crinière blonde ; son corps se composait d'une couverture d'où dépassaient quatre bottes d'équitation.

– Sally est une jument très spéciale, précisa Chuck. Elle parle ! Dis-nous quelque chose, Sally.

La jument salua l'assistance puis lança d'une voix rauque et profonde :

– Salut ! J'aimerais poser une devinette à Chuck. Qu'est-ce que le poney redoute le plus ?

Chuck ôta son chapeau et gratta sa tignasse rousse.

– Je ne sais pas. Quoi ?

– De voir son cavalier monter sur ses grands chevaux.

Un éclat de rire parcourut l'assistance.

– Qui se cache sous ce costume ? murmura Meg à Becky.

– Je n'en sais rien...

Suivie par le projecteur, Sally continuait à faire le clown sur la scène tandis que Chuck s'écriait :

– Jamais je n'ai entendu de blagues aussi nulles ! Tu me couvres de honte devant le public, Sally !

Il poursuivit la fausse jument autour de la scène pour l'attraper par la queue. Le costume glissa et deux jeunes gens en jaillirent.

– Rob ! Et sa sœur Sara ! s'écria Becky en sautant sur ses pieds.

Chuck se tourna vers le public :

– Mesdames et messieurs, la tête de mon cheval s'appelle Sara Kelly ! Sara vient prêter main-forte au centre, où elle donnera des leçons d'équitation. La croupe, vous la connaissez déjà ! C'est le frère de Sara, Rob, qui revient guéri après une mauvaise grippe !

Ils quittèrent la scène sous les acclamations du public.

Becky courut se jeter au cou de Rob.

– Quel bonheur de te revoir. Tu es vraiment guéri ?

– Je vais beaucoup mieux, murmura-t-il en la serrant dans ses bras. Sara a insisté pour m'accompagner. Elle ne m'aurait jamais laissé repartir seul.

– Tu es là, c'est le principal.

– Et maintenant, ajouta Chuck, voici venu le moment tant attendu d'écouter les aventures du chalet des mouflons. D'un commun accord, Jordan a été choisie pour représenter ses camarades. Jordan, tu veux bien venir ?

Intimidée, Jordan se leva et monta sur scène avec, à la main, un panier dont elle refusa de dévoiler le contenu. Le public fut vite captivé par son récit. Enfin, d'un geste théâtral, elle sortit le morceau de jade du panier et le leva à bout de bras :

– Et voici notre trophée ! annonça-t-elle.

Il y eut d'abord un grand silence, puis une explosion d'applaudissements.

– Je remercie mes camarades, Rachel, Courtney, Cam et Didi d'avoir joué cette blague idiote à Meg. Si elles ne l'avaient pas envoyée dans une mauvaise direction, jamais on n'aurait été séparées, et jamais je ne serais montée jusqu'au cheval de pierre.

Dans le public, Courtney, Didi et Rachel lancèrent un regard contrit à Meg.

Après une nouvelle salve d'applaudissements, Chuck revint jouer son rôle d'animateur.

– Le trophée du chalet des mouflons servira d'exemple pour toutes les randonnées futures. Mais il est tard, maintenant ! On chante l'hymne à la nuit et au lit !

Tout le monde se serra en cercle autour du feu pour l'entonner.

– Espérons qu'il y aura d'autres randonnées, dit Becky à Meg tandis que les filles se dispersaient vers les chalets. Avec Rob et Sara, le centre a plus de chances de remporter un vrai succès. Je crains seulement que ce ne soit trop tard. Quand les parents de Cam verront leur fille…

Elle secoua la tête et ajouta :

– Si seulement j'avais pu les ralentir dans la dernière descente…

– Estime-toi heureuse qu'elles n'aient pas de blessures plus graves, la réconforta Meg, et va fêter le retour de Rob ; moi, je vais jeter un coup d'œil à Jade.

Elle se rendit dans l'écurie où, comme elle l'espérait, Thomas l'avait précédée.

– Comment va notre bébé ?

– Il gambade, joue, tète… On le voit presque grandir à vue d'œil. Il s'est endormi il y a une minute à peine.

Le poulain s'était roulé en boule, le nez posé sur la queue.

– C'est la première fois qu'on se retrouve tous les deux seuls, souffla Meg. Je n'ai pas encore eu l'occasion de te le dire… mais… j'espère que tu vas rester.

– Aussi longtemps que toi tu resteras, Meg.

Elle se sentit prise d'un léger vertige.

– Oh. J'avais peur que tu repartes à la poursuite des chevaux sauvages.

Thomas lui passa un bras autour des épaules.

– Je demanderai à Chuck de m'aider, plus tard, quand le centre sera fermé. On pourra peut-être les guider vers le ranch de mon grand-père.

Il la serra contre lui et ajouta :
– On a de la chance, toi et moi. C'est rare de trouver, si jeunes, la personne avec laquelle on a envie de passer toute sa vie. Tu me manques à chaque seconde dès que tu es loin de moi.
– Toi aussi, murmura-t-elle.
Meg mourait d'envie de se jeter au cou de Thomas, mais elle savait qu'il ne voulait rien précipiter.
– Je t'ai observée avec Jordan et le poulain, continua-t-il. Je connais le fond de ton cœur. Je sais que je t'aimerai toujours.
Il se pencha pour l'embrasser.
Quand ils se furent séparés, Meg lui annonça ses projets :
– À l'automne prochain, si tout va bien, je m'inscris à l'université, ici. Et... j'essaie de faire venir ma mère et mon frère dans l'Ouest. Maman pourrait ouvrir un cabinet à Calgary.
Thomas la lâcha et se redressa.
– Ce n'est pas long, un an. D'ici là, Jade sera un vigoureux yearling.
– Oh, si, c'est long ! protesta Meg.
Il la serra à nouveau contre lui.
– Je sais. Mais l'année passera sans que tu aies le temps de t'en apercevoir.
– D'accord, ce n'est pas une raison pour oublier de m'envoyer une lettre ou un mail !

– Cette année, je te promets de m'améliorer, dit-il en l'embrassant.

Alison avait suivi Chuck jusqu'au foyer et voulait absolument l'aider à éteindre le feu.

– Laisse, je m'en occupe, proposa-t-elle quand il eut besoin d'un autre seau d'eau.

– Je t'ai déjà dit que je pouvais me débrouiller seul, grogna-t-il. Va plutôt soigner ton cowboy de rodéo.

– Chuck ! Tu sais que je suis désolée. Il n'y a rien entre Jesse et moi. C'est juste qu'on ne s'était pas vus depuis longtemps et que…

– Et qu'un champion de rodéo est plus excitant qu'un rancher, c'est ça ?

Il jeta un regard noir à Alison qui répliqua sans beaucoup de conviction :

– Je t'ai trouvé formidable en animateur de feu de camp, très naturel.

Elle se rendait seulement compte qu'il était furieux.

– Arrête, Alison ! Pas la peine de me mener en bateau ! J'aimerais juste savoir où on en est, tous les deux.

– Oh, Chuck... Je ne suis pas encore prête pour une relation sérieuse. Je l'ai compris pendant cette randonnée. Jesse est trop vieux pour moi. C'est un adulte. Pas moi. Je t'en prie, Chuck, on ne pourrait pas continuer à sortir ensemble et à s'amuser, sans avoir à se promettre que c'est pour la vie ?

– Tu as sans doute raison. Merci d'avoir été aussi claire.

Il lui tendit le seau.

– Tiens, éteins le feu. Après, on ira voir si la fête continue au bureau.

Le lendemain après-midi, dès leur descente d'hélicoptère, le ministre du Patrimoine canadien, Henri Perrault, et sa femme, Lise, s'avancèrent vers les filles du chalet des mouflons, qui les accueillaient en compagnie du personnel du centre équestre.

– Attendez qu'ils voient ce qui est arrivé à leur précieuse fille, grommela Becky. C'est bien dommage, d'ailleurs, car toutes ont vraiment changé, surtout Cam. Mais ils ne verront que les bleus, les coupures et les attelles.

En effet, le visage d'Henri Perrault se crispa de surprise à la vue de Cam juchée sur un gros coussin, dans un fauteuil pliant.

– Qu'est-ce qui t'est arrivé ?

– Papa ! C'était complètement dingue ! s'écria Cam, le visage épanoui. C'est avec Rachel que tout a commencé...

Didi lui coupa la parole, en agitant son bras en écharpe.

– On dévalait la colline à fond de train...

– Oui, à une vitesse incroyable... lança Courtney.

– Parce qu'on mourait de faim ! précisa Rachel. Alors j'ai voulu sauter un tronc d'arbre, mais Shane a les jambes trop courtes, et...

– Laisse-moi raconter ! l'interrompit Courtney. Le cheval de Rachel n'a pas réussi à franchir l'obstacle. Il a trébuché, mon cheval, Flint, lui est rentré dedans, j'ai volé par-dessus sa tête, mes lunettes se sont cassées, et alors...

– Et alors, moi aussi, je suis rentrée dans Courtney, glapit Didi. Mon cheval s'est emballé, il a foncé comme une fusée entre les arbres, je suis tombée par terre et je me suis foulé le poignet !

– Si tu avais vu ça, papa, gloussa Cam. Un vrai cataclysme !

Elle s'agita en riant sur son coussin avant de poursuivre :

– Spencer a essayé de s'arrêter, mais lui aussi a percuté le cheval de Courtney, j'ai glissé en arrière sur sa croupe et atterri par terre !

Toutes les quatre parlaient et riaient en même temps pendant que les parents de Cam, sidérés, regardaient tour à tour leurs visages réjouis.

– Et les chevaux ? Ils sont blessés ? s'inquiéta Lise Perrault.

Laurie Sandersen s'avança pour lui répondre :

– Non. Nous avons eu de la chance. Heureusement, aucune des filles ne s'est fait très mal, et les chevaux vont bien.

– Elles ont l'air de s'être beaucoup amusées, constata la mère de Cam. Jamais je n'ai vu ma fille aussi… aussi animée.

– C'était génial, papa ! insista Cam. Il y a eu une avalanche terrible et l'énorme cheval de pierre est tombé du sommet de la montagne ! Pour un peu, il nous écrasait ! Et… regarde !

Elle brandit le morceau de jade qu'elle cachait sous son oreiller.

– Voilà notre trophée. Du jade pur. C'est Jordan qui l'a trouvé là-haut.

Stupéfait, Henri Perrault lui prit la pierre des mains et la retourna entre ses doigts. Souriant à la ronde, il déclara :

– La légende disait donc vrai. Cela m'aidera beaucoup dans mon combat pour classer le ranch des Mustangs parmi les sites d'importance culturelle. De nombreuses personnes me pressent de le céder à des intérêts privés...

– Mais tu ne feras pas ça, papa ? supplia Cam.

– Tu te plais dans ce camp ? s'étonna Lise Perrault.

– Bien sûr. D'ailleurs, on revient toutes l'année prochaine, et l'année d'après, et encore celle d'après, pas vrai les filles ?

Des hochements de têtes aussi énergiques qu'affirmatifs répondirent à sa question.

– Dans ce cas, je n'ai plus qu'à faire en sorte d'assurer l'existence de ce centre équestre. Je suis fier de vous.

Le ministre s'adressait à tout le monde, mais son sourire était destiné à sa fille.

– Merci, papa !

Becky, Meg et Alison s'embrassèrent de joie.
– On fait la course jusqu'à la maison ! cria Becky. Il faut fêter ça !
Dans la cuisine, elle ouvrit trois bouteilles de limonade.
– Ce n'est pas du champagne, mais ça pétille !
Et elles emportèrent leur boisson sur la galerie.

Meg contempla le cirque montagneux qui entourait le ranch.
– Je suis heureuse que le ranch continue d'exister. Je ne peux pas m'imaginer sans lui. Il fait partie de ma vie.
– De *nos* vies, tu veux dire, murmura Alison. Pense à tout ce que nous avons vécu depuis notre premier été ici. Tu te rappelles la première fois où on est montées au ranch ? On avait treize ans…
– Et moi qui venais d'emménager ici et qui croyais détester ce ranch, soupira Becky. C'est grâce à toi et à Meg que j'ai changé d'avis.
– On a toutes changé, soupira Alison.

Meg sourit aux deux cousines, si différentes et si semblables, et leva sa bouteille :

– Mais on est toujours amies. À notre avenir !

– À notre avenir, lancèrent en chœur Alison et Becky en entrechoquant leurs bouteilles contre la sienne.

Retrouvez

Le ranch des Mustangs

Becky, Meg et Alison,
leurs amis et leurs chevaux
dans

TABLE DES MATIÈRES

Retrouvez la collection

RAGEOT Romans

sur le site www.rageot.fr

RAGEOT s'engage pour l'environnement en réduisant l'empreinte carbone de ses livres. Celle de cet exemplaire est de :
450 g éq. CO_2
Rendez-vous sur www.rageot-durable.fr

PAPIER À BASE DE FIBRES CERTIFIÉES

Achevé d'imprimer en France en novembre 2018
sur les presses de l'imprimerie Jouve, Mayenne
Dépôt légal : décembre 2018
N° d'édition : 7291 - 01
N° d'impression : 2795149L